KB251464

백개의 태양

백개의 태양

전봉건 시집

백개의 태양

조화선 편

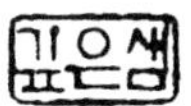

이 책은 2007년에 독일에서 간행된 선시집 Hundert Sonnen을 한국어 원문으로 펴낸 것이다. 내용은 독어판과 같다. 다만 연보에 손을 조금 보았고, 독어판에서는 연보에 편입했던 해설을 독립시켜 보충 확장했다.

제목에 관하여: 만년의 산문 「단상」에서 전봉건 시인은 투명하고 손으로 만져지는 표현에 관심을 기울였다. 그런 표현에는 짧은 형태가 효과적이라고 본 그는 기회를 보아 그런 짧은 작품들을 「100개의 태양」이란 이름으로 묶어보려 했다. 그 뜻을 이루지 못하고 떠난 그를 생각하여 이 선시집에 그 제목을 붙여보았다.

조 화 선

1

티없던 시절

원

– 저는 꿈이라도 좋아요 : 알리엣 오드라

부드러움을 한없이 펴는 비둘기같이
상냥한 손을 주십시오.

빛나는 바람 속에서 태양을 바라
꽃피고 익은 젖가슴을 주십시오.

샛말간 들이랑 하늘이랑…… 바다랑
그런 냄새가 하는 입김을 주십시오.

불타는 사과인 양
즐거운 말을 주십시오.

오 !…… 나에게 내 자신의 모습을 주십시오.

사 월

무언지 눈이 부신 듯
수줍어만 하는 듯
자꾸 마음이 안 놓이는 듯
바쁘고 그저 바쁜 듯.

마치 새 옷을
입으려고
다 벗은 색시의
샛말간 살결인 양!

축 도 祝禱

말끔히 문풍지를 떼어 버렸읍니다.

언덕 위에 태양을
거리낌없이 번쩍이게 하십시오.

풋색시의 젖꼭지처럼 부풀은
새싹을 만지게 하십시오.

어느 나뭇가지 우묵한 구멍에서
꾸불거리며 나오는 새파란
버러지를 보게 하십시오.

그리고 이제 사람들에게 꽃병을 하나씩
마련할 것을 명하십시오.

나는 흙으로
빚어 만드리다.

그리고 파아란 바람을 보내시어
그 속에 꽃들을 서광처럼 솟아오르게 하시어

쌍바라지도 들창도 유리창도
집마다 거리마다……

모다
맑은 미소같이 풀리게 하십시오.

☆

오! 수없는 나비와 꿀벌의 나래를
이제 온 주위에서 서슴지 말고 펴십시오.

꽃향 무르녹은 나무 사이사이에
펄럭펄럭

승리의 깃발처럼 치마폭

휘날리시어

종다리처럼 나의 푸름을
오! 소스라쳐 오르게 하십시오.

2

전쟁 – 꽃, 비둘기, 희망, 사랑

JET · DDT

JET라는 활자와 학이라는 활자와 기러기라는 활자
와 비둘기라는 활자를 나란히 놓는다. 아무래도 낯설
지 않는 활자는 JET라는 활자 쪽이고 낯선 활자는 학
이라는 활자와 기러기라는 활자와 비둘기라는 활자 쪽
이다. 낯설지 않은 활자 JET는 하늘에서 반짝반짝 빛
나는 번식을 계속한다. F80 …… F84 …… F86이라는
이름의 JET들. 가까이에서 보면 눈부시게 찬란한 그것
들은 모두 일광을 송두리째 반사하는 금속성이다.

DDT라는 글자가 의미하는 것은 소독약 또는 이를
잡는 약이라는 것이다. 초연이라는 글자가 의미하는
것은 수많은 총포가 뿜어낸 연기라는 것이다. 지평이
라는 글자가 의미하는 것은 땅의 끝이라는 것이다. (산
많은 고장에서는 산의 능선이 지평일 수밖에 없다) 그런데 1950
년대 초 땅 좁고 산 많은 한반도의 지평 즉 많은 산 산
산 산 산 산의 가파르거나 안 그렇거나 한 모든 능선에
서는 DDT와 초연이라는 글자의 의미가 그리 서로 크
게 다른 것이 아니었다. 하나는 소독약 또는 이를 잡는

약이라는 의미였고 다른 또 하나도 결국은 소독함 또
는 이를 잡듯이 함이란 의미에 다름 아니었으니까. 거
짓말이 아니다. 내 스물 세 살의 지평(산의 능선)을 덮은
초연은 마치 그 곳에 대량으로 살포된 DDT 같은 모양
이었다. 영락없이 그런 판국이었다.

장 난

나는 나무를 겨누어 본다

꼭대기의 잎사귀를 겨누어 본다

그리고 돌멩이를 겨누어 본다

그러다 싫어지면 쑥 총구를 높여서

개머리판에 뺨을 부비면

하늘이 가늠쇠 구멍 속에 들어온다

M1 가늠쇠구멍 속에 하늘이 벌어진다

M1 가늠쇠구멍 속에 하늘이 작다

그 하늘 밑에 내가 있다

나는 하늘을 본다

작은 하늘은 눈에 해롭다

가늠쇠구멍이 흐려진다

나는 장난을 고만둔다

BISCUITS

　5시나는호속에있다수통수류탄철모붕대압박붕대대
검그리고M1나는내가호속에서틀림없이만족하고있다
는사실을다시한번생각해보려고한다BISCUITS를씹는
다오늘은이상하게5시30분에또피리소리다9시방향13
시방향나는BISCUITS를다먹어버린다6시밝아지는적능
선으로JET기가쉽게급강한다나는잠자지않은것과
BISCUITS를남겨두지않은것을후회한다6시20분대대
OP에서연락병이왔다포킷속에뜯지않은BISCUITS봉지
가들어있다6시23분해가떠오른다나는야전삽으로호가
장자리에흙을더쌓아올린다나는한뼘만큼더깊이호밑
으로가라앉는다야전삽에가득히담겨지는흙은뜯지않
은BISCUITS봉지같다

그리고 오른쪽 눈을 감았다

산골짜기에서 자랐다고 하였다.
그는 이따금 난처한 얼굴을 하고 있었다.
나는 위로해 주려고 했다.
그러면 그는 말하였다.
'소새끼가 죽었을 게야 ……'
나는 그를 위로해 주려고 했다.

탄대의 빈 자리가 메꾸어졌다.
몇 번이고 그는 철모 밑으로 숲을 들여다보았다.
서로 가지를 펴는 나무와 나무 사이와
반사하는 금속과 일광도 보았다.

호들을 발견하였다.
그는 오른쪽 포킷에서 연필과 수첩을 끄집어내었다.

*

85밀리였다.

불발탄 한 알이 굴러내렸다.

나는 진출하였다. 11시 방향으로 40분간이 지나고 …… 나는 정면 낮은 능선 위에서 가만히 낙하하는 따발총을 보았다.

나는 다시 왼쪽 눈을 감았다. 숨을 그쳤다.

손가락이 다시 내가 모르게 방아쇠를 당겼다.

제 1보초선으로 보였다.

나는 또 한 번 160야드의 사정을 재어 보았다.

나는 그와 격발요령에 대해서 이야기하였다.

*

얼굴에 흙과 풀뿌리와 돌조각이 와 닿았다.

가쁜 숨소리가 가까워졌다가 멀어졌다.

야간포격이 끝난 아침에 비행운이 걸려 있었다.

피리와 탱크와 지뢰원주변에서 바람이 곤두섰다.

*

그는 이렇게 말하였다.

'소새끼가 죽었을 게야 ……'

헬리콥터가 남으로 기울어져 갔다.

그는 그의 산골짜기가 북으로 7마일 가량 남았다고 하였다.

19시 반 쯤이었다.

그는 재미나는 추격전에서 웃으며 달리다가 꼬꾸라졌다. 저격이었다.

눈을 감았다.

그는 왼쪽 눈을 감았다.

그리고 오른쪽 눈을 감았다.

ONE WAY

나는 세고 있다. 하나다. 그것은 바바리코트 왼쪽 어깨에 BISCUITS 두 개보다 작은 세로 네모진 철판 맨 가운데 위치하였으며 동그랗다. 엷은 금빛인 그것은 반짝거릴 것인데 지금은 눈이 거기에 퍼붓는다. 그것은 스테인레스다.

때로는 위장이 가까운 피부 위에 늘어져 있기도 하는 나의 군번과 또 스푼도 스테인레스다. 길이 굽어지며 미끄러지며 달린다. 눈이 좀 느직하게 쌓이는 곳에 나무가 섰고 그 밑에 꺼밋하게 쭈그린 것은 그 옆에 또 하나 꺼밋하게 쭈그린 것과 같은 것이다. 얼어서 죽은 집단 피난민의 묻히지 못한 등허리.

나는 발을 구른다. 대대 끝을 달리는 GMC와 반방향으로 달리는 AMBURANCE에는 발이 군화와 동결된 포로가 실렸다고 한다. 점점 격화되는 포성이 혼돈한 주변일대에 더욱 세차게 퍼부어지는 눈보라. 나는 갑

자기 아홉부터 다음을 뭐라고 세는 지를 모른다. GMC
들은 헤드라이트를 켠다. 눈이 퍼붓는다. GMC들은 피
곤하다. 커브. GMC들은 미끄러지며 달린다. 눈이 퍼
붓는다. GMC들은 균형을 잃어버린다. 핸들이 흔들리
고 눈이 퍼붓고 뒤틀리는 헤드라이트 속에 MP처럼 직
립하는 NO PARKING. 그리고
ONE WAY.

0157584

1

아이브로우 크림 콤펙트의 광고사진 그리고 파우더
루우즈.
9분 전.
넙적다리 같은 베이컨과 덩어리 베이컨 같은 엉덩이.
나는 원색판 LIFE를 접는다. 딴딴한 눈이다.
햇살이 부딪친 야광시계의 유리판. …… 여자장교
포로의 팬티가 무슨 색깔인지 나는 생각지 않으려고
한다.
보초병 철모 위에 떠 있는 구름들의 가장자리가 맑
다. 그 아래로 산이 있다는 것과 브레스트 밴드를 생각
한다. 무수한 그것들은 벙커다.

소대장이 돌아섰다.
다시 11시 방향.
나는 허리를 굽힌다.
차폐물이 없는 슬로프.

2

100 야드 나는 포복하였다.
90 야드
나는 사정을
80 야드로
압축시켰다.
65 야드.
나는 60 야드로
압축시켰다.
나는 저격병의 정조준 위에 놓였다.
나는 마지막 수류탄을
던졌다.
……
따발 맥심 자동소총의 일제 사격이 내 심장 높이를
통과하는
45 야드.

나는 머리를 들었다.

압축.

3

아침
얼룩진 시이트의 냄새가 풍기는 능선.
나는 콧등을 눈으로 문질러 대고 싶다.
대공표식 위에서 여태 곤한 계집의 눈초리와도 같이
맴도는 정찰기.
나는 문득 소리 지른 토일렛 페이퍼를 생각한다.
구겨진 토일렛 페이퍼 같은 얼굴에서 구겨진 토일렛
페이퍼 같은 얼굴로 옮겨 가는 위생병.
수염과 속눈썹에 눈이 서린 단독호로부터 하방 장총
이 거꾸로 꽂힌 800야드에 얼룩진 찢겨진 흩어진 슈미
즈 모양으로

얼어붙은 강.
나는 오줌이 마렵다.

　　　　4

계속되는 무한궤도의 자국과 전화선.
혓바닥에 교착하는 BISCUITS.
지난 밤엔 射程이 고정되어 가는 화망 위에 은하수
가 흘렀다.
그리고 수통이 사방으로 날았다.

시속 120마일로 종군목사의 JEEP이 옆구리를 스
친다.
내 수통은 비었다.
하얀 나뭇가지 아래서 디룩거리는
만주산 말의 엉덩이.
나는 탱탱한 팬티를 생각하며 미끄러지는 군화에 중

량을 보탠다.

산허리에 반사하는 일광.
BAR의 연사.
비둘기의 똥냄새 중동부전선.
나는 유효사거리권내에 있다.
나는 0157584다.

음악

너는 말오양간 냄새가 나는
예수 그리스도의 머리에서 빛난 둥근 빛무리
그것과 같다.
그러한 너는 전장을 포복하는 군단의
불면이 겹 쌓여 탄피와 같이 굳어진
나의 눈시울 그 곳에도 살았다

……음악이여.

장미로 수놓인 하늘 같은
노오랗고 새빨갛고 또 무슨
여러 가지 빛나는 색깔의 과실같은
그리고 그러한 수없이 많은 과실들과
과실들 사이로 보이는 들과 바다 같은
샛말간 날개 같은

……음악이여.

너는 전장을 포복하는 군단의 불면이 겹 쌓여
탄피와 같이 굳어진 나의 눈시울 그 속에도 살았다.
그리하여 마침내 총알 맞아 쓰러졌던 내가
다시 기ㅅ발처럼 일어서면서 눈저리게 똑똑히 보았
느니
오 머리에서 별빛 냄새가 나는 처녀의
둥근 빛무리 같은 알몸이었다, 너는.

강 하 江河

하늘에
자유 사랑과 평화의 나라 프랑스가
군화를 뿌렸을 때,
바다를
장미의 나라 영국이
함포의 일제사격으로 산산히 부셨을 때,
아 땅덩어리를
인민의 나라 쏘련이
전차의 캐타페라로 뒤집어 놓았을 때,
푸른 아름다운 다뉴프강은 피를 흘리고
수에즈운하도 피를 흘렸다.

그리고 우리도 흘렸다.
우리는 눈물을 흘렸다.
숯검정이 지구의 일각에서 우리는
날개 찢긴 비둘기처럼 울었다.

강물이 흐르는 너의 곁에서

2월은 오고 3월은 오고
무너진 다리에도 4월은 오고
강물은 흐르고 그리고 그것은 나의 눈시울에
따뜻한 그것은 눈물이었다.

잃어진 것은 없었다.

불탄
나뭇가지마다 찌든 전사자의
아직도 검은 외마디 소리들을 발려내기 위하여
수액은 푸른 상승을 시작하고
155마일의 철조망이 에워싼 무인지대에서도
하늘은 푸르고 새들은 노래하고
꽃들은 한들거렸다.

잃어진 것은 없었다.

밤 하늘의

무수한 별자리에서도
잃어진 것은 없었다.
맑은 물빛 푸름 한 점
아주 작은 별 한 점
그렇다 아무것도
잃어진 것은 없었다.

강물은 흐르고

무너진 다리에도
강물은 흐르고 흐르면서
개미보다 더 큰 사탕을 몰고 간 개미에 대한 이야기
꽃그늘에서 꿀벌을 위해 숨 죽인 속삭임과 그러나 요
란스럽게 꽃가지를 흔들면서 날개친 두 마리 새에 대
한 이야기 줄지은 창문들이 마치 무슨 악보와도 같은
거리에 대한 이야기 열매 맺는 한 나무의 성장과 성숙
그 순서에 대한 이야기 그리고 크나큰 고마움 가슴 벅
찬 입맞춤에 대한 이야기

그런 이야기
오직 그런 이야기만을
쉴 새 없이 쉴 새 없이 하였다.

잃어진 것은 없었다.

부러진 총검도
구멍 뚫린 철모도
반쯤 묻혀서 녹스는 들판
소리없이 부드럽게 휩쓰는 무수한 풀들의 손길
그 푸른 손길은 눈물겨웁다.
피얼룩 깁고 누빈 저고리 벗고
피얼룩 깁고 누빈 긴 치마 벗으면
목덜미에 가슴에 젖꼭지에도
허리에도 무릎에도 풀들 푸른 손길 휩쓸어
그 손길 가지가지 푸른 무늬
어지럽게 눈부시게 아롱지는 너.
오 너는 진정 눈물겨웁다.

잃어진 것은 없었다.

언제든
그렇다 언제든
나를 눈 떠 보게 하고
나를 노래하게 하고
나를 사랑하게 하고
나를 눈물짓게 하면서
나를 아름답게 하는 아무것도
잃어진 것은 없었다.

2월은 오고 3월은 오고
무너진 다리에도 4월은 오고
강물이 흐르고 그리고 그것은 나의 눈시울에
따뜻한 그것은 눈물이었다.

희 망

아름다운
어느 한 아름다운 날을 생각하는 것은.

당신의 가슴께에서
꽃과 사과이고 싶은 것은
꽃바구니의.

달빛에 씻긴 이슬을
이슬 머금은 배추가 진주처럼 아롱지며 트이는
　아침을
푸른 바다 어리는 비둘기의 눈동자를
태양이 웃으며 내려오는 하늘…… 그 눈부신 계
단에 핀 진달래를
또 신문이 음악처럼 뿌려지는 거리를
생각하는 것은.

여기
무수히 검은 총알 자국 얼룩진

나무와 나무 사이
눈이 깔린 밤

……여기에서.

오 두 마리
버들강아지 꼼지락이는 은 목걸이를 생각하며,
꽃바구니의 꽃 그리고
사과이고 싶은 것은……당신의
가슴께에서.

구름도
지구도
인간도
생활도
어느 것 하나 빠트리지 않고
다 함께 그리운 내가
전쟁의 숯검정이 자욱이 얼어붙은

내 눈시울 속에
서 있는 까닭이다.
그렇다 겨울날 아지랑이처럼
아스라이 서 있는
까닭이다.

장미의 의미

장미는 나에게도
피었느냐고 당신의 편지가 왔을 때
5월에 …… 나는 보았다.
탄흔에 이슬이 아롱지었다.

그리고 태양은 빛나고
흙은 헤치었다.

무수한 자국
무수한 군화 자국을 헤치며 흙은
녹색을 새 수목과 꽃과 새들의 녹색을 키우고
그 가장자리엔 흰 구름이 비꼈다.
구름이 …….

그러나
구름에서는
다시 저 발자국 소리가 들렸다.
함포사격 울부짖는 대만해협에 자욱한

군화 자국 그 소리
폭격 맞은 알지에의 모래밭을 뭉개는
군화 자국 그 소리
불타는 베트남의 밀림을 누비는
군화 자국 그 소리
1955년.

그러나
나는 믿었다.
대만해협의 군화 자국도
알지에의 군화 자국도
베트남의 군화 자국도 헤쳐져
철조망 155마일에 낭자했던 군화 자국처럼
그렇게 깡그리 헤쳐져
헤쳐진 그 모든 자리 반짝이며 일어서는
녹색의 차지가 될 것임을.
살점 핏방울 떨치며 죽음 떨치며
일어서며 반짝이는 녹색의 차지가 될 것임을.

그러기에
이 5월에
이슬 아롱지는 탄흔에도 그림자 떨구고 비낀
저 흰 구름 언저리에 마침내 나는 당신을 보았다.
따뜻함과 빛무늬인 당신을
속눈썹도 빛무늬로 떨리는 당신의 기도를
푸른 하늘도 보듬고 푸른 바다도 보듬어
넉넉하게 둥근 당신의 가슴을
그 가슴 흰 부드러움 한가운데 나부끼는 녹색을
녹색의 깃발을.

1955년 5월에

장미는 나에게도
피었느냐고 당신의 편지가 왔을 때
5월에 …… 나는
아름다웠다.

은하를 주제로 한 봐리아시옹

1. 노래

너를 보면
돌아오는 것이다.

넘쳐서
나의 눈시울에
고이는 것이다.
빛나는 것이다.

은하가.

저
피의 6월 이후
나의 희망
나의 의미
나의 목적이던
나의 하늘에서 사라지고

없었던
은하.

'내일은
하늘 기슭에
일어서는 장미들.
아침 태양이 포도와 벼의 풍요를
작정하여 뿌리는 빛을 따라
일제히 일어서는 장미들.

그 장미들을 보듬은 은하가.

눈부시게
어우러진 장미들을 누비면서
비둘기가 잿빛 날개깃으로
감청의 원무를 그리는 하늘.
그 하늘은 사랑하는 사람들의 나라.

사랑의 나라를 마련하는 은하가
돌아오는 것이다.
나의 눈시울에 넘쳐서 고이는 것이다.
빛나는 것이다.

저
피의 6월 이후
나의 눈시울에
무수히 자국 난
탄흔을
씻고
아물게 하며

은하가

너를 보면
돌아오는 것이다.

2. 라이너 마리아 릴케에 대하여. 전쟁과

바다 기슭과
맞닿은 눈부신 하늘 기슭과
사랑을

그리고 5월이 찬란한 해협과
꿀벌의 여행을
꿈꾸었노라고 진정으로 꿈꾸었노라고

바하의
두 개의 바이얼린을 위한 협주곡
그것을 들으면서

바라본 밤 하늘의 별들이
지천으로 널린 꽃 첨보는 꽃사태 같기만 하더라고
진정으로 그렇기만 하더라고
내가 지금

가시 돋친 철조망으로 에워싸인
이 땅에서 말한다면

내 말은 무엇인가
한낱 소용없는 허구인가
아름다운 그러나 아무짝에도 쓸모없는 투기인가

그러면
라이너 마리아 릴케 당신은 누구인가
나는 무엇인가

씀바귀 미나리
메랑 달래랑 캐던
냇가에 언덕에 장대비는 내리고

포탄은 쏟아지고
나는 검둥이 필립 하사와 껌을 씹으면서 장난도 치
면서

산산이 부숴진 봄의 파편을 헤치면서 인간을 사냥하고

그러나 포연이 걷히었다 엉키고
다시 걷히는 산허리 즐비한 바위들 덮고
꿈처럼 은하처럼 흐드러지게 핀 진달래
그 진달래와 맞닥뜨린 나로 하여금
문득 당신의 이름을 떠올리게 한
라이너 마리아 릴케 당신은 누구인가
그때 새처럼 휘파람 분 나는 무엇인가

단 한 사람 장미 가시에 찔리어서 죽은
오 꽃과 더불어서 하는 죽음 오직 그 죽음을
죽은 사람

라이너 마리아 릴케
당신은 누구인가 지금 이렇게
시를 쓰는 나는 무엇인가

3. 눈동자

얼음은 풀리고
마른 나무가 서 있는 것이 보이고
강물은 흐르고
햇살은 따뜻하다.

우리는 다시 확인한다.
이것은 따뜻한 햇살이고
이것은 풀리는 얼음이고
저것은 마른 나무이다. 불바다가 되었던 전쟁의 골
짜구니
거기서 타 죽은 사람들과 꼭 같은 형상이다.
그리고 이것은 흐르는 강물이다.

흐르는 강물은 파아랗고
가만히 귀 기울이면 파아란
강기슭 가득히 무언가 돋아나는

소리가 들린다.
우리는 그것도 확인한다.
그것은 우리가 알지 못하는
꽃과 풀의 어린 새싹들이다.

어린 새싹들의 여리고 희미한 숨결 확인은 간 저리
게 안쓰러워 눈물겨운 일이다.
아무튼 그래서 눈물 고인 우리의 눈과 눈동자는 파
아란 강물로 물이 든다.

그리고 파아란 강물로 물든 눈동자를 밝혀
우리는 또다시 확인한다.
오늘 우리의 폐허에서 우리의
흰 빨래는 〈백지의 가능〉처럼 펄럭이고
네 약손가락의 구리반지는 따뜻한 햇살이 깃들어
눈부시게 반짝이는 한없이 둥근 금빛인 것을.

그뿐이랴.

오늘 밤 하늘에 걸리는 은하는
지천으로 흐드러진 커다란 꽃밭인 것도
우리는 확인할 것이다.

지금 아름다운 꽃들의 의미

꽃들은
지금 사랑의 깃발이다

비둘기 날개 앞세우고 트이는
다시 반드시 비둘기 날개 앞세우고 트이는
수없이 많은 내일을 위하여
그러한 내일에 비둘기 무리져 날개치며 날개 섞는
지평을 위하여
그러한 지평의 무한 펼쳐짐을 위하여
무한 펼쳐지는 지평에
오 죽음의 비가
내리지 않기 위하여
오 죽음의 흰 눈도
내리지 않기 위하여
사랑하고 오직 사랑함으로써
장미의 이파리와도 같은 눈시울을 지닌
너와 나의 깃발이다
사랑의 깃발이다

보라
꽃들은 지금
나비의 폐허
창유리의 폐허
항아리의 폐허
꿀벌과 꿀의 폐허
장독과 김장독의 폐허에
어우러져 피는 것을
피어서 나부끼는 것을

꽃들은
지금 사랑의 깃발이다

사랑하고 오직 사랑함으로써
장미의 이파리와도 같은 눈시울을 지닌
너와 나의
그리고 또한
사랑하고 오직 사랑함으로써

장미의 이파리와도 같은 눈시울을 지닌
수없이 많은
동서남북 그 모든 너와 나의
너와 나의
너와 나의
깃발이다

작은
깃발
그러나
오 이 시대의 무지개의 폐허에 어우러져
오 이 시대의 무지개의 폐허를 뒤덮고서
피는 깃발이다
피어서 나부끼는 깃발이다
나부껴서 아름다운 깃발이다

꽃들은
지금 사랑의 깃발이다

꽃 · 천상의 악기 · 표범

눈 내린 광장을
한 마리 표범의 발자국이 가로질렀다.
너는 그렇게 나로부터 출발해 갔다.
만월이 된 활처럼 팽창한 욕망.
너는 희한한 살기를 뿌리면서
내달았다. 검은 한 점이었다.
나의 모든 꿈의 투기인 너.

그 후
나는 몇 번인가 너를 보았다.
창이 무너져 내리는 전쟁의 거리에서도
너는 귀마저 벌어져서 웃고 있었다.
그 때마다 돌멩이가 꽃을 낳았을 것이다.
모래밭은
꽃밭을 낳았을 것이다.

죽음을 역습하였을 것이다.
눈부신 연애가

햇살처럼 지구를 지배하는 시간을 위하여서
너의 천상의 악기가
불붙는 암흑 속에서
― 죽음을.

나는 알지 못한다.
'하늘에 핀 꽃' 그러한 것이
모든 사람들의 눈동자 속에서
피어날 것인가 어떤가. 허나 나는 알고 있다.
아 젊은 표범처럼
불붙는 암흑을 갈기갈기 찢어발기며
언제나 언제까지나 내닫고 있는 너를.

암흑을 지탱하는

그날 총알에 뚫린 가슴으로 피를 뿜는 친구를 어깨에 걸쳐 메고 나는 부러진 총부리와 시체가 여기 저기 흩어져 불타는 거리를 더듬어 가끔씩 생각난 듯 눈 먼 유탄이 와서 박히는 한 건물의 어둠 속으로 들어갔다. 깜깜한 문지방을 넘으니 발바닥에 마루인 듯한 널판자가 밟혔고 널판자는 숨 죽인 신음소리 같기도 하고 비명소리 같기도 한 그런 소리를 냈다. 나는 어깨 위에서 꿈틀거린 그를 고쳐 메고 소리 나는 어둡고 긴 마루를 지나 마침내 방인 듯한 곳에 이르렀으나 그곳도 역시 어두워 안 보이는 눈을 껌벅거리며 한동안 우두커니 서 있을 수밖에 없었다. 이윽고 깜깜하던 어둠이 차차 엷어지면서 희뿌연 밝음 속에 하나 둘 나타나는 것들이 보이기 시작했다. 책 의자 대야 부엌비 그런 것들이었고 또 호미 변기 사진 이불장 옷장 경대 그런 것들이었다. 아 등신대 크기의 경대에 반쯤만 남아서 붙은 거울 거기 비친 내 몰골 피 흘리는 몸뚱이 하나 어깨 위에 짊어 멘 내 몰골은 마치 망령과도 같았다. 발끝에 걸리는 것이 있어 자세히 살펴 보았다. 그것은 저고리

치마 속옷 그런 것들이 아무렇게나 널린 두툼한 이부
자리였다. 나는 그 위에 조심스러이 몸을 구부려 어깨
에 걸쳐 멘 그를 내려 눕혔다. 이미 임종이 가까운 그
의 두 눈은 그저 크게 뜨여 힘없이 벌어져 있을 뿐이었
다. 아무런 흔적도 없었고 또 자취도 없었다. 그런데
어찌된 것이었던가. 텅 비어 있음에 다름 아니던 그의
두 눈에 빛이 고이고 바람도 이는 것이 아닌가. 뿐만이
아니었다. 하늘이 깃들고 그 푸름도 깃들었다. 성좌가
아롱지는가 했더니 강물이 흘렀고 나뭇잎을 흔드는 숲
이 들이차기도 했다. 훤하게 트인 길을 거느린 해안과
산맥이 구비치기도 했다. 나는 그러한 그의 두 눈을 홀
린듯이 들여다 보았다. 이제 그의 두 눈은 잔잔한 미소
마저 띠우고 있는 것이었다. 그리고 다시 그의 두 눈에
듬뿍 이슬 머금은 꽃덤불로 둘러싸인 샘물이 떠올라
넘칠 듯 넘칠 듯한 바로 그때였다. 그는 검붉은 피 엉
겨찌든 손가락을 들어 어슴푸레한 방 한 구석을 가리
키는 것이었다. 나는 그가 가르키는 곳으로 눈길을 옮
겼다.

거기엔 무엇이 있었던가. 내가 본 것은 무엇이었던
가. 그것은 항아리였다. 항아리 하나가 거기서 어슴푸
레한 어둠 속에서 희고 맑은 젖빛 스스로의 살빛을 풀
어내고 있었다. 나는 그것을 똑똑히 확인하기 위하여
두 눈을 지긋이 감았다가 다시 떠 보았다. 그런데 모를
일이었다. 내가 다시 눈 떠 본 것은 항아리가 아니라
한 여자였다. 가느다란 모가지 고운 젖무덤 늘씬한 허
리 풍만한 엉덩이 한 젊은 여자가 거기서 어슴푸레한
어둠 속에서 희고 맑은 젖빛 스스로의 살빛을 풀어내
고 있었다. 풀어내는 스스로의 살빛으로 피냄새 절은
어슴푸레한 어둠을 조금씩 조금씩 밀어내고 있었다.
그런데 더우기 모를 것은 넘칠 듯 넘칠 듯한 샘물을 둘
러싸고 어우러진 꽃덤불 듬뿍 이슬 머금은 꽃덤불의
짙은 꽃향기가 내 가슴팍에 젖어들고 아랫배에 젖어
드는 일이었다. 이윽고 무지개처럼 광채 영롱한 성욕
이 내 정수리를 눈부시게 꿰뚫은 그 때였다. 나는 등뒤
에서 날카롭게 뜨겁게 솟구치는 절규 한 마디를 들었
다. 그였다. 하지만 나는 그 한 마디가 무슨 소리였는

지 그것을 똑똑히 알아들을 수는 없었다. 나는 그를 자세히 살펴보았다. 그는 또 한 번 절규를 하려는 듯이 급하게 숨을 몰아쉬면서 안간힘을 써 입을 벌렸다. 그러나 그의 입은 잠시 뒤틀리고 일그러졌을 뿐 절규를 내뿜지는 못하였다. 총알에 뚫린 가슴의 상처가 울컥 검붉은 한 줌 핏덩이를 쏟아냈을 뿐이었다. 그것이 그의 최후였다. 나는 그 방을 나오면서 어슴푸레한 어둠의 한 구석으로 다시 눈길을 옮겼다. 거기서는 항아리 하나가 희고 맑은 젖빛 스스로의 살빛을 풀어내고 있었다. 그리하여 피냄새 절은 어슴푸레한 어둠을 조금씩 조금씩 밀어내고 있었다. 그리고 바로 그때였다. 내 귀는 다시 등 뒤에서 나는 목소리를 들었다. 그것은 이제 절규가 아니라 그지없이 화평스럽고 다정한 목소리였다. 그러나 그 목소리가 무슨 말이었는지 나는 그것을 확실하게 알아들을 수는 없었다. 아뭏든 그 목소리 그 한 마디가 한 여자의 아름다운 이름에 다름아니었음은 분명했다.

그 뒤로부터 나는 확신 하나를 가지게 되었다. 우리의 흙 우리의 땅덩이가 아무리 처절한 죽음과 엄청난 피로써 얼룩진 암흑이라 할지라도 철따라 과목을 꽃피게 하고 열매도 맺게 하는 것은 그것이 희고 맑은 젖빛 스스로의 살빛을 풀어내는 항아리 또는 항아리와 같은 것으로 해서 지탱되어 있는 까닭이라는.

녹색의 두 가지 연애시

1

태어나던
그 때의
몸 맨두리로서
네가 손을 흔들면
태양이 가까이 와서 인사를 한다.

모래는 보드러워
받아들일 줄만 아는 보금자리가 되고
달려 온
바람은 네 손바닥에서 춤추다가
머리카락이랑 함께 춤춘다.

구름은 사탕.

강물에선
뱀장어가 기름지고

신은 오직 달디달기를 포도밭에 일으시고
너는 둥군 지구에서
둥글게 무르익는 달.

바다도
산도
녹색으로
타올라
하늘이 된다.

2

허나
이상한 일은 아니다
내리는 눈이
따시한 것은.

흰 산과 들
흰 강기슭에
추운 나무는 얼어서
검다.

허나
사랑하는 사람아
너의 검은 눈동자 속에는
나풀거리는 초록빛 불타는 초록빛.

흰 거리의 흰 창문으로 보이는
흰 성당 꼭대기의 검은 십자가
아직도 아물지 않은 우리의 상처는
허공에 떠서 얼어서 검다.

허나
이상한 일은 아니다.
내리는 눈이

따시한 것은.

아
사랑하는 사람아
너의 검은 눈동자 속에는
나풀거리는 초록빛 불타는 초록빛.

잠들고

돌이 잠들고 냇물이 잠들고 숲이 잠들고 하느님은 밤 새 종을 울리고 들이 잠들고 산이 잠들고 숲이 잠들고 숲의 가지들이 잠들고 하느님은 밤새 종을 울리고

늪이 잠들고 오솔길이 잠들고 숲속 가지위의 눈이 잠들고 하느님은 밤 새 종을 울리고 잠든 너의 하얀 언저리 잠든 나의 하얀 언저리에 몇 마리 양들이 걸어 오고 늘 맑은 부드러운 눈망울의 세 사람이 걸어 오고

하느님은 밤 새 종을 울리고 잠든 하늘과 땅 먼 동쪽에 네가 보지 못한 빛이 어리고 나도 보지 못한 빛이 어리고 하느님은 밤 새 종을 울리고.

3

다른 하나의 현실

속의 바다

1

아마
나는
싸울 것이다
산양은
날래겠지
얼마나 날랠까
해는 하늘에 있고
하늘에 해는 있고
우리는 나란히 드러눕겠지
뿔 분질러지고 깨진 산양의 머리
나는 수없이 구멍 뚫린 누더기
나는 볼 테지
피
죽는 산양이
토하는 것은 검은 필 테지
왜 핏빛 피가 아닌가

왜 현실의 털처럼

검은 핀가 왜 검은 핀가

해는 하늘에 있고

검은 피의 공포가

나를 치켜 세울 테지

바람 속에 퍼덕이는 한 장의 누더기

누더기 수없이 뚫린 구멍에서

바람은 울 테지 소리칠 테지

허나 없을 것이야

내가 비틀어 죽일 나무

내가 죽으면서 죽여야 하는 나무

죽으면서 푸른 것을 쏟는 나무

그걸 산양이 마셔야겠는데

죽기 전에 그걸 마시고 산양은 죽으면서

핏빛 피를 토해야 할 텐데

그래서 나는 죽으면서 눕거나 엎디어서 구겨진 채

마침내 눈을 감아야 할 텐데

두 눈을 감아야 할 텐데

그래야 할 텐데
하늘에 해는 있는데
없을 것이야 없는 것이야
땅에는 없는 것이야
나무는 없는 것이야
없는 것이야

4

하늘은 맑고
사슴이 달렸다
하늘은 푸르고
화살이 지나갔다
하늘은 맑고
사슴이 곤두박질
하늘은 푸르고
곤두박질 하면서

사슴이 달렸다
하늘은 맑고
화살이 지나갔다
하늘은 푸르고
사슴의 목덜미
털 날렸다
피 날렸다
하늘은 맑고
화살이 지나갔다
하늘은 푸르고
무릎을 꺾으면서
사슴은 날리는
피와 털 속에서
눈을 감고 그리고
사슴의 냄새를 맡았다
하늘은 맑고
더 깊이 무릎을 꺾으면서
사슴은

뽑은
빛과 그늘에 흩어지는
사슴의 냄새를 쫓아
아직도 달렸다
아직은
하늘은
푸르고

8

이상하게도
거울과 식기는
모조리 금이 가거나 깨진
그런 것들이었다

그래서
여자는

모조리 손이 베어지거나
석석 눈도 베어진
그런 여자들이었다

봄이 오는 언덕에서는
바다가 보이었고
거기 피 흘리는 손 들고
서성거리는 여자는
우리의 여자였다

가을 깊은 언덕에서는
바다가 보이었고
거기 피 흘리는 눈 들고
앉은 여자도
우리의 여자였다

먼
남쪽 나라

월남에서는
남자가
돌아오지 않았다

그리고 이상하게도
거울과 식기는
모조리 금이 가거나 깨진
그런 것들이었다

11

나는 모래에 관한 기억을 가진다.
모래의 기억, 밝고 선 여자의 젖은 발.
모래의 기억, 여자는 전신을 흔들어서 물방울을 떨
친다.
모래의 기억, 그래도 태양은 여자의 등허리에서
젖고.

모래의 기억, 벌린 두 다리 사이에서 이글거리고 뒤치고 ……… 바다는.

모래의 기억, 여자는 팔을 들어 뻗친다.

태양과 바다에 젖어 자꾸 자꾸 뻗어나가는 열의 손가락. 여자는 온몸으로 바람을 빨아들인다. 그 때 목덜미로 유방으로 흘러내린 머리칼에서 태양은 부서지고. 머리를 빗으면 태양의 가루가 날리는 속에서

모래의 기억, 여자는 기지개를 켠다.

나는 모래에 관한 기억을 가진다.

꽃과 하강

나를 노린 총알은 그 정글의 가장 크고 기름진 잎사귀에서 날아왔다. 등허리를 때리며 박혀드는 사나운 충격. 나의 전신은 활처럼 휘면서 핑그르르 돌았다. 돌면서 보았다. 나를 노린 그 짙푸른 잎사귀가 한껏 떠오른 햇살을 받아 이글이글하는 것을. 다음에 나는 뜻뜻한 액체가 질척이는 아랫도리를 틀면서 천천히 넘어져 갔다. 그리고 지금은 헬리콥터가 나를 실어 나르고 있다 헬리콥터는 하강 중이다. 나도 하강중이다. 난도질 당한 빛을 타고 하강 중이다.

얼마나 내려갔을까. 그리고 나의 하강은 언제 끝났던 것인가. 거기서부터는 냄새가 있었고 소리가 있었고 성한 빛이 있었다. 길게 드러누운 내 발끝에는 하얀 슬립을 걸친 여자가 웃고 있었다. 매끄러운 어깨로 내리는 검은 머리. 크고 검은 눈동자. 소리 나는 빛의 향기로운 빛의 섹스와도 같은 입술. 〈눈을 뜨셨군요〉 여자는 말하면서 내 얼굴 앞으로 와서 앉았다. 무릎 위로 말려 오른 슬립. 하얀 허벅지 깊숙한 곳에 프릴이 달린 물빛 팬티. 그 일대는 상아와 수밀도 흑수정과 포도 그

리고 가장 햇살이 많은 바닷가처럼 꿀과 크림이 흐르
는 바닷가처럼 풍요롭게 숨쉬고 있었다. 〈여기는 어디
요?〉〈그런 것 아실 것 없어요, 쉬서야 해요, 이제 겨우
쉬시게 되신 것을, 쉬서야 해요, 정말〉〈이름은?〉〈꽃이
예요〉.

　나는 손을 뻗쳤다. 그 때에도 나는 앞으로 손을 뻗쳤
다. 꽃이 있었다. 나는 소년이었다. 바람과 빛과 냇물
이 흐르고 있었다. 소리와 향기가 있는 곳에 꽃이 있었
다. 나는 손을 뻗쳤다. 꽃은 내 손가락에 잡히고 꽃은
내 손 안으로 들었다. 꽃은 겹겹이 포개진 꽃잎. 꽃은
겹겹이 포개진 꽃잎. 나는 꽃잎 하나를 헤쳤다. 꽃은
슬립을 벗었다. 나는 꽃잎 하나를 헤쳤다. 꽃잎은 유방
을 드러내었다. 나는 꽃잎 하나를 헤쳤다. 꽃은 프릴이
달린 물빛을 벗었다. 꽃은 팬티를 벗었다. 그리고 나는
꽃잎 하나를 헤쳐 내 가슴을 무릎을 등허리를 넣었다.
가장 깊고 여린 꽃잎을 헤쳐 내 두 손을 넣었다. 오오
꽃 속에서 나도 또한 꽃의 향기, 꽃의 소리 꽃의 빛이
었다. …… 그 때였다. 갑자기 꽃의 등허리가 활처럼

휘면서 눈부신 머리칼은 사납게 흩어지고 내 등허리엔 때리며 박혀드는 충격이 왔다. 틀리는 아랫도리에 질펙한 액체, 질척이는 액체. 질척이는 하강.

오오 하강. 그렇다 나는 하강 중이다. 헬리콥터는 하강 중이다. 그 커다란 프로펠러를 숨가쁘게 돌리면서 하늘의 빛을 왼통 휘저어 난도질을 하면서 하강 중이다. 내가 하강 중이다.

옥수수 환상가

1

옥수수의 잎사귀가 날린다
다산형 공주님을 지키는 늙은 무사의
큰 칼날이다.

2

나는 여러 가지의 마음을 가졌다.
한 대의 옥수수가 그 많은
씨앗을 가졌듯이.

3

옥수수가 익자
길은 바다로 트이고

그 위에 낙인처럼
찍힌 그림자.
포플라나무의 진한 그림자에
넘쳐나는 푸름.
나는 거기서도
샘물 소리를 보았다.

4

내가 먹은 옥수수도
번갯불과 장마와 아침 달이 만들었다.
돌부스러기, 벌레, 대낮의 해가 만들었다.
썩은 개 뼈다귀와 저녁 별,
그리고 모든 종류의 바람이 그랬다.
한량없는 꿈과 어둠을 먹고 살찌는
한량없는 욕정의 흙이 만들었다.
내가 먹은 옥수수는.

5

무엇을 줄까.
어느 것일까.
가장 성스러운 잔인함으로 하여
너의 미각을 꽃잎처럼 피어나게 하고
눈부시게 할 것이.
진주의 목걸이와
한 대의 옥수수와.

7

태양은 몇 개나 있어서
매일 아침 새 것이 뜨는 것이었을까.
어떻든 옥수수 한 대의 옥수수 씨알마다
태양은 하나씩
빛나고 있었다.

의 식 1

현실의 벽에는
가끔 거짓말같이 또는 상혼과 같이
틈새가 난다.
아주 작아서
보일 듯 말 듯한
그 틈새는 꿈으로 이어진다.
수천 년을 두고
수천억만의 노랑 눈 검은 눈
푸른 눈을 별보다 곱게 뜨이게 한 틈새.
거기에서
너는 나를 부른다.
어둠으로 기울어지는 산마루에 날리는
어둠 속에 뒤척이는 바다 위에 날리는
꽃가루빛의 목소리다.

의 식 2

여름날
하느님과 함께 놀았다.
조그만 하느님의
조그만 입술과 코언저리는
언제나 우유 냄새.
뜨거운 대낮에도
뜨거운 저녁에도
그래 바람과 풀벌레와 매아미와 날빛이 다 내는 음
악의 벽은 우릴 두루고.
뛰어들면서
나는 하느님의 안으로
하느님은 나의 안으로 기어들면서
우리는 알몸으로 놀았다.
시계 바늘은 춤을 추면서 거꾸로 돌아갔지.
조그만 하느님의 여린 젖꽃의 중심에서
열중한 우리 벌거숭이 장난은 하늘의 끝과
땅의 끝을 분질러다 훨훨 불을 질렀지.
그 때다 겹쳐서 펄떡이는 불의 알몸둥이 돛, 조그만

나의 하느님과 나의 어깨를 삼키며
  우유빛 바다가
  밀려 오고
  또 밀려 오고
  밀려 온 것은.

  그 날 밤
  먼 억천만 개의 별은
  아 억천만 개로 자욱한
  우유 방울이었다.

의 식 3

나는 너의 말이고 싶다.
쌀이라고 하는 말.
연탄이라고 하는 말.
그리고 별이라고 하는 말.
물은 흐른다고
봄은 겨울 다음에
오는 것이고
아이들은 노래와 같다라고 하는
너의 말.
또 그 잘 알아들을 수 없는 말.
불꽃의 바다가 되는
시이트의 아침과 밤 사이에
나만의 듣는 너의 말.
그리고 또 내게 살며시 깜빡이며
오래
잊었던 사람의 이름을 대듯이
나직한 목소리로 부르는
평화라고 하는
그 말.

의식 4

나는 모래이고 싶다.

너는 바다에서 올라와서 맨발로 나를 밟겠지. 너의 맨살의 발자국이 내 온갖 곳에 찍힐 테지. 나를 당황케 하기도 하고 황홀케 하기도 하는, 그 순한 소금 냄새나는 너의 손은 나를 휘젓고 파헤치면서 집이랑 성이랑 짐승이랑 그리고 천사랑 그런 것을 만들 것이다.

싫증이 나면 너는 좀더 깊이 나를 파헤치고 들어. 속으로 안으로 기어들어서 이윽고 나를 덮고 잠들 것이다.

저 태양의 무수한 빛살이 바다를 쏘는 짙푸른 불의 소리 전부를 삼키는 깊고 큰 잠을.

나는 신이 내버린 모래이고 싶다.

의 식 5

나는 눈이고 싶다.
하늘에서 부어 내리면서 전부
너의 눈에 내리고
너의 입술에도 내리는 눈.
너의 귀밑뿌리에도 나는 내리고
나는 너의
가슴의
희고
큰
푸짐함 속에
내려서 쌓인다.
그리고 꿈꿀 것이다.

먼 바다 기슭에 버려진 첼로 하나,
그것이 스스로 일어나서 빛처럼 울려나는 것을.

의 식 6

나는 금요일이나

토요일이다.

어쩌면 수요일

월요일이다.

그 날 오후의 좀 늦은 시간이다.

해지는 무렵이다.

해지는 무렵의 좀 어두운 계단이다.

너는 나를 밟고 소리를 내면서

올라온다.

대개 열려 있는 도어.

너는 들어선다.

그 때는 이미 좀 어두운 계단에서

너를 앞질러 온 내가 의자에 앉아 있다.

너는 정확하다. 내 앞에 와서 앉는다.

앉으면서 너는 미소가 된다.

나는 부드럽고 고운 손길에 안긴다.

나는 좀 나른하고 어지러운 어린애가 된다.

이상한 일이다. 네 발은 의자의

다리께에 곱게 모두어져 있는데, 이상한 일이다.

내 안에서는 아직도 네가 밟고 올라오는 소리가 울리고 있다.

나는 네 어린애가 된다.

나는 어린애. 어린애는 눈을 감는다.

보고 싶은 것을 보기 위해서

거기서 만지고 싶은 것을 한껏 만지기 위해서.

거기서 가지고 싶은 것을 하나도 놓치지 않기 위해서.

나는 네 어린애. 이상한 일이다. 아니다. 조금도 이상한 일은 아니다. 나는 네 어린애.

이윽고 나는 멀리서 발구르는 소리를 듣는다.

졸립고 나른한 내가 불만인 너의 투정.

다시 맞은편 의자 다리께에 네 발은 곱게 모두어져 있다.

오 어린애에게 투정을 부리는 젊은 어머니.

나는 내가 어린애가 되는 수요일이다.

네 어린애가 되는 월요일이다.

지구 위에서 네가 정확하게 내 앞에 와서 앉는 금요
일이다.

오 네가 어린애에게 투정을 부리는

젊은 어머니가 되는 토요일이다.

여섯 개의 바다 – 하나

아침마다
마른 땅에서
날아오르는
종달새는
이내
보이지 않는다
아침마다 날아오르는
종달새를 삼키는 바다
노래를 먹고 사는 바다는
언제나
아침마다
우리가 알지 못하는 곳에
있다

여섯 개의 바다 - 다섯

나는 20 년 전에 평안도를 버렸읍니다. 그 후로 나는 내가 버린 평안도의 어둠에 갇혀서 살았읍니다. 그 얼마 뒤의 일이지요. 나는 눈 덮인 강원도의 산비탈에서 총을 쏘다가 피를 흘렸읍니다. 피는 피를 불러 강원도 덮은 눈을 피로 덮었읍니다. 피는 붉은 것이 아니고 검은 빛이더군요. 그 후로 나는 피의 어둠에도 갇혀서 살았읍니다.

어둠에는 햇살도, 어둠에는 지워집니다. 그런데 이상한 일이 생겼읍니다. 햇살도 지워 버리는 어둠 속에서 나를 향해 살아서 움직이는 것이 있음을 알게 되었읍니다. 그것이 무엇인지 차차 똑똑히 내 눈으로 보게도 되었읍니다. 한 그루 사과 나무의 살과 물이었읍니다. 사과나무는 사과나무에 내리는 햇살보다 더 진한 살과 물을 가졌던 것인가 봅니다. 이윽고 사과나무는 경상도 어느 큰 절 앞 풀 젖는 샘터 가까이에서 하나의 사람으로 변하더군요. 그래서 나는 햇살도 지워 버리는 어둠 속에서 나를 향해 살아서 움직여 오는 사람 하나를 보게 되었읍니다. 똑똑히 똑똑히 보았읍니다. 드

디어 그의 살과 물은 나에게 와 닿아 나를 잡고 덮고
삼키더니 오오오 경기도의 형상으로 몸부림치는 파도
충청도 전라도의 형상으로도 몸부림치는 파도가 되었
읍니다. 함경도 제주도 독도의 형상으로 그침없이 사
납게 울부짖는 파도가 되었읍니다.

이 때부터입니다. 내 평안도의 어둠과 피의 어둠이
사과나무의 살과 물보다 더 진하고 많은 그의 향내 나
는 살과 섞이고 물과 섞이게 된 것은. 이 때부터입니
다. 햇살을 지워 버리는 어둠에도 지워지지 않는 바다
가 하나 사과나무에도 있고 그리고 그에게도 내게도
있다는 것을 알게 되었읍니다.

여섯 개의 바다 – 여섯

물의 살을
비집고 들어갔더니
불이더군

불의 살을
비집고 들어갔더니
금이더군

금의 살을
비집고 들어갔더니
빛이더군

빛의 살을
비집고 들어갔더니
거긴 너였어

너의 살을
비집고 들어갔더니

어둠이더군

어둠의 살
비집고 들어갔더니
거기 있더군

아아
종횡무진 궁구는
아흔 아홉 햇덩이 바다

풍 경

보이지않는

조고만

성당에서 굴러온

조고만 종소리 하나가

넓은 설원 한가운데서

동구랗게 머물더니 일점의 피가 된다.

이윽고 한 마리의 큰 까마귀가 와서

그 일점의 피를 물고 새까만 날개를 편다.

새하얀 달이 뜬다. 마리아같은…….

겨울 사중주 4

내가 해 질 무렵에
네게로 돌아왔더니
해도 바다에
돌아와 있다.

돌아온 내가
네게 잠겨들 듯이
지금 해도 바다에
잠겨들고.

잠겨드는 나로 하여
네가 뜨거운 장미로 피어나서 설레이듯이
잠겨드는 해로 하여 지금 바다도
크낙한 장미로 피어서 저렇게 일렁인다.

다시 또 눈이 내려도
오래 장미의 냄새가 날게다.
바다는 다시 또 눈이 내려도 오래 장미 냄새가 날

게다.

그리고 너 또한.

춤

봄에.
만났읍니다
당신은
손길 고운
아지랑이더군요

여름에
만났읍니다
당신은
다리 고운
여울이더군요

가을에
만났읍니다
당신은
허리 고운
바람이더군요

겨울에
만났읍니다
당신은
등어리 고운
눈발이더군요

꿈보다 먼저

아무도
말 안 했읍니다.

아무도
눈짓 안 했읍니다.

꿈
꾸지도 안 했읍니다.

말보다
먼저

눈짓보다
먼저

꿈보다도
먼저

내 빈 뜰의
마른 나뭇가지에

파란 핏방울 같은 것이
하나 번졌읍니다.

피아노

피아노에 앉은
여자의 두 손에서는
끊임없이
열 마리씩
스무 마리씩
신선한 물고기가
튀는 빛의 꼬리를 물고
쏟아진다.

나는 바다로 가서
가장 신나게 시퍼런
파도의 칼날 하나를
집어 들었다.

아라베스크

빛

물

빛과 물의 거리

빛과 물의 모퉁이

구름이라고 하는

새라고 하는

그리고 당신이라고 하는

사랑이라고 하는 말이

오늘은 빛과 물 속을 지난다

오늘은 어느 길을 가도 너와 만난다

길은 모두 빛과 물의 길

빛과 물의 말

빛과 물인 너

어디선가 또 하나의 꽃이 소리 없이 열리며

빛과 물을 휘저어 놓는다.

유 방

사과는 내 손에 넘친다.

수밀도는 내 손에 넘친다.

솜구름이 지나가면서

금의 바늘로 건드린다.

아프고

간지러운

손바닥.

둥근 하늘은

내 손에 넘친다.

네 유방은 내 손에 넘친다.

너

조개 껍질을 깨면
손가락이 조개 살에 박힌다
어쩌다 만져지는 것은
진주다.

꽃잎을 헤치면
손가락이 꽃술에 묻힌다
오늘도 만져지는 것은
너다.

손

하느님은
손을 가지고
있다.

그 손을
하느님은
이따금
하나의 꽃에 대어 본다.
그래서 꽃은
불붙는 빛덩이가 된다.

나도
손을 가지고
있다.

그 손을
나도
이따금

네 살 하나에 대어 본다.
그래서 너는
꽃 같은 빛덩이가 된다.

4

마카로니 웨스턴

꿈 속의 뼈

나는 보았읍니다
나는 전장을 보았읍니다
나는 전장에서 죽는 죽음을 보았읍니다.
　전장에서 죽는 죽음은 죽어서도 죽지 못하여 터진 살에서 불거져 나온 하얀 뼈를 들어 밤새껏 검은 바람을 할퀴는 시체 곁에 쭈그리고 앉았는 것을 보았읍니다.
　쭈그리고 앉아서 꿈을 꾸는 것을 보았읍니다.
나는 그 꿈을 보았읍니다
나는 그 꿈 속을 보았읍니다
꿈 속의 뼈를 보았읍니다.

　꽃의 목뼈를 물살의 정갱이뼈를 햇살의 손가락뼈 소나기의 발가락뼈 바다의 등뼈와 갈비뼈를 또 불의 엉덩이뼈를 보았읍니다.

　쭈그리고 앉았는 죽음의 사타구니에 한 점 먼 별빛처럼 젖은 희끄므레한 것을 보았읍니다.

마카로니 웨스턴

그는 돈이 없다 그는 여자가 없다 그는 집이 없다 그는 예수와 비슷하다 있는 것이란 남루한 옷 말 한 필 여기까지도 그는 예수와 비슷하다 그리고 권총 한 자루 버러지 같은 것들을 한 놈도 남김없이 쏴 죽이는 사격의 명수 이런 점에선 그는 예수와 딴판이다 그러나 긴 머리 덥수룩한 수염에 우물 속 같은 눈이 다시 예수와 비슷하고 땅에선 죽는 일이 없는 그는 하늘에나 묻힐 사람으로서 예수와 아주 비슷하다

다시 마카로니 웨스턴

누가
하모니카를 부는데
두레박줄은 끊겨지기 위해서 있고
손은 짓이겨지기 위해서 있고
눈은 감겨지기 위해서 있다.

그곳에서는
누가 하모니카를 부는데
피를 뒤집어 쓰고 죽은 저녁 노을이
까마귀도 가지 않는 서쪽 낮은 하늘에
팽개쳐져 있다.

또다시 마카로니 웨스턴

아무래도 요즈음은 마카로니 웨스턴에 이상하게 끌린다 악당들은 봄에도 죽는다 아지랭이가 물씬거리는데 물씬 피를 뿜으며 큰대자로 나가떨어지는 것이다 악당들은 봄에도 죽는다 음탕스럽게 질쩍거리는 흙탕에 시커먼 턱수염을 쳐박는 것이다 악당들은 봄에도 죽는다 죽었던 가지에 꽃핀 나무 그 등걸에 기대어 휘청거리다가 왈칵 피 쏟으며 턱 무릎을 떨구는 것이다 악당들은 봄에도 죽는다 뾰족한 성당 꼭대기의 하늘 거기에 뜬 매리의 허벅지같은 구름을 잡는 것이다 아니 보지 못하는 열 개의 손가락을 뒤틀면서 강물에 젖은 매리의 허벅지를 잡는 것이다 그 악당들이 나같은 것이다 아니 아무래도 내가 봄에는 죽는 그 악당들같은 것이다

마지막 마카로니 웨스턴

피에트로 문에서 죽고

피에트로 늪에서 죽고

피에트로 묘지에서 죽고

피에트로 밥상에서 죽고

피에트로 말잔등에서 죽고

피에트로 바람속에서 죽고

피에트로 계단아래서 죽고

피에트로 계집위에서 죽고

피에트로 진창에서 죽고

피에트로 길에서 죽고

피에트로 섬에서 죽고

마카로니 웨스턴 습유

희 가

까마귀야 까마귀야
너는 아니?
청맹가니 죠오는
어디로 갔니?

터덜터덜 말라빠진
늙은 말 타고
제 눈 찾아 천리길
바람부는 모래밭을
향해서 갔지
까욱 !

까마귀야 까마귀야
너는 아니?
귀머거리 죠오는
어디로 갔니?

비실비실 말라빠진
늙은 말 타고
제 귀 찾아 천리길
바람부는 모래언덕
넘어서 갔지
까욱 ! 까욱 !

까마귀야 까마귀야
너는 아니 ?
벙어리 죠오는
어디로 갔니 ?

휘청휘청 말라빠진
늙은 말 타고
제 혓바닥 찾아 천리길
바람부는 모래밭에
사라져 갔지
까욱 !

쨱

사람들은
이렇게 말을 한다
〈쨱은 눈을 감고 있더군〉
사람들은
이렇게 말하지를 않는다
〈모래밭인데
쨱의 눈은 말라붙은 풀처럼
감겨져 있더군〉

사람들은
이렇게 말을 한다
〈쨱은 듣지를 못하더군〉
사람들은
이렇게 말하지를 않는다
〈햇덩이가 쨍쨍한데
쨱의 귀는 새까맣게

막혀 있더군〉

사람들은
이렇게 말을 한다
〈쩩은 입을 다물고 있더군〉
사람들은
이렇게 말하지를 않는다
〈하늘엔 소리개가 세 마리
쩩의 입은 썩은 문짝처럼
닫혀 있더군〉

모래밭

모래밭이다
놈은 비를 만지지 못한다
모래밭이다
놈은 비에 젖는 바람을 만지지 못한다

놈은 비에 젖는 풀섶을 만지지 못한다
비에 젖고 비에 젖는 바람에 또 젖어
비에 젖고 비에 젖는 풀섶에 또 젖어
한껏 물먹은 계집을 만지지 못한다
놈의 열개의 손가락은 푸들푸들한
계집의 물 많은 살로 해서 젖지 못한다
보라
끝간데없이 눈부신 모래밭에 떨군
놈의 하얀 열가닥 손가락뼈

털

놈은 이제
노크도 없이 열지 못한다
놀란 계집의 큰 입을 막지도 못한다
버둥대는 계집의 큰 눈과 몸뚱일
후리쳐 삐걱거리는 침대에

처박지도 못한다
놈의 손은
사납게 뒤착이는 계집의 다리를
백양나무가지 잡듯 잡고서
찢지 못한다
더러워진 수초를 날빛 한가운데
드러내놓고 기진한 강물같은 계집을
성큼 넘어서서
모자를 집어들지도 못한다

먼저 떨어진 모자를 뒤쫓아 떨어진
놈의 손은 더러워진 손등의 털을
날빛 한가운데 드러내놓고 땅에 엎드렸다
이제 살아있기라도 한 것은
모래바람이 불 때마다 꿈틀거리는
놈의 손의 더러워진 손등의
털뿐이다

그림자

　놈은 이제 기가 죽은 그림자를 끌고 골목에서 골목
으로 헤매지 않아도 된다 놈은 이제 술집 어둔 구석 그
늘로 한쪽귀가 달아난 얼굴을 가리고 이빠진 술잔을
빨지 않아도 된다 돈주고 산 계집을 헤쳐 놈의 등 굽은
전부를 거기 묻어 숨기려고 놈은 이제 바퀴벌레가 기
어다니는 침대를 땀으로 얼룩지게 하지 않아도 된다

　결국은 말도 없이 날아와서 박힌 한방의 총알이면
족했다 놈은 이제 해바라기가 만발한 대낮 한가운데에
한방울의 땀도 흘리지 않고 비로소 등 굽은 전신을 쭉
펴서 누웠다 비로소 한쪽귀가 달아난 그 얼굴을 밝음
속에 드러내 놓고 늘어지게 누운 놈은 이제 거치장스
런 그림자를 말끔히 털어버렸다

삽 질

그곳에서는
완강한 사내들이
아침에도 낮에도 삽질을 한다
해질 때에도 삽질을 한다
흙덩일 하늘쪽으로 팽개치는 삽질을
하면서 아침도 낮도 해질 때도
함께 담아 하늘쪽으로 팽개치면서
완강한 사내들은
놈의 키만큼한 구덩이를
판다
그곳에서는
완강한 사내들이
밤중에도 삽질을 한다
그리고 밤이 가고 아침이
오는 희멀건 때에도 삽질을 한다
땅밑으로 팽개치는 삽질을 하면서

밤과 그리고 밤이 가고
아침이 오는 희멀건 때도
함께 담아 땅밑으로 팽개치면서
완강한 사내들은
놈의 눈과 입과 귀를
묻어버린다

　　그 마을

그 마을에서는
아무도 말을 하지 않는다

바람소리만 듣습지요
네에 흙바람소리 말입지요
늑대소리만 듣습지요
달밤도 대낮도 갈기갈기 찢어발리는
늑대소리 말입지요

양미간에 한방

네에 왼쪽 젖꼭지밑에 한방

거짓말같이 정통으로 총알

쑤셔박는 총소리만 듣습지요

바람소리만 듣습지요

네에 풀이란 풀 모조리 뭉개버리고

하늘도 왼통 시꺼멓게 뭉개버리는

흙바람소리 말입지요

이렇게 남의 이야기처럼 중얼거릴 뿐이다

그 마을에서는

아무도 자기 말을 하지 않는다

해바라기

커다란

눈이다

커다란

유방이다

커다란 태반이다

저 우굴거리는

저 번질거리는

무수한 씨를 보라 !

하늘이 떨군 금의 정액에서 태어난 여자

여름 예수

1. 상처인 당신

여름 들판엔
반드시 한두 잎
혹은 두 세 잎 뜯기거나 찢긴
꽃잎들의 꽃들이 선 채로 무성하다.

당신은 상처다.
당신의 상처는 너무 크고
상처인 당신은 너무 크다.

나는 뭐라고 손짓도 하지 못한다. 말도 하지 못한다.

2. 죽음인 당신

여름 들판엔
반드시 한두매디

혹은 너댓매디 잘리거나 꺾인
빛살들의 빛들이 선 채로 가득하다.

당신은 죽음이다.
죽어서 비로소 끝나지 않는
꿈꾸는 꿈이다.

나는 이제 당신을 한 마디로 부른다. 내 이름처럼 부
른다.

가 을

강변에는
이
빠진
바람들뿐입니다.

들녘에는
무릎
꺾인
풀들뿐입니다.

서쪽으로 가는 길 하나를 만났더니 거기 헐벗은 해
가 가로누워 탄 내 나는 마른 피를 흘리고 있었읍니다.

하늘에는
뼈 시린
울음 묻는
벌레들뿐입니다.

무 제

새를 두고도

시가 되지 아니합니다

하늘을 두고도

시가 되지 아니합니다

아니되는 시를 땅에 묻고

하늘을 우러르니 비로소

보이는 것이 있읍니다

새의 무덤입니다

새는 죽어서 하늘에 묻혀

빛으로 덮이어 있었읍니다

요즈음의 시

요즈음은
시 몇 줄 쓰기 바쁘게
지워 버리기 일쑤입니다
개나리
진달래
목련
철쭉
이런 것들이 책상머리에 와서
빤히 눈을 뜨고
들여다보는 것입니다
그래 나는 간신히 잡은
시 한 줄을 뭉개 버립니다

금강
낙동강
한탄강
그리고 남한강의
돌밭에서 만나

함께 내 집에 와서 살게 된
말 없는 돌 속의
말 없는 새들이
내가 쓰는 시를
말없이 지켜보는 것입니다
그래 나는 간신히 잡은
시 한 줄을 또 뭉개 버립니다

그뿐인가요
비닐 봉지 속에서 죽은
캄보디아 사나이가
죽은 눈을 떠서
저 투명한 비닐 봉지 너머로
보는 것 아닙니까
분명 내가 쓰는 시를
힐끗 훔쳐 보는 것 아니겠습니까
그래 나는 간신히 잡은
시 한 줄을 또 뭉개 버리고 맙니다
요즈음은 시 석 줄 쓰기가 어렵습니다

5

대나무피리를 든 오르페우스

종다리

보리밭
한 정보가
떠 오른다

하늘은
눈물빛이다

아무도 본 사람은 없다 그 종다리

노래

강언덕
진달래
귀 세우다

들
바람
너훌거리다

산꼭대기
구름
눈 껌벅거리다

그리고서 내 손바닥에 떨어지는 새털 하나

불

하늘 속
깊이 뜬
종다리는
검은 한 점으로
보인다.

그러나
기실 그 검은 한 점은
종다리가 아니다.

하늘 속
깊이 뜬
검은 그 한 점 속에서
타는 불

보이지 않는 그 불이 종다리다.

죽 음

사람은
보지 못한다

노래하는
새는 죽어서도
땅에 떨어지지
않는다
그 노래처럼

노래하는
새는 죽어서도
나뭇가지 끝에
등 대고 누웠을
뿐이다
그 노래처럼

노래하는
새는 죽어서도

바람 속에
떠 있을 뿐이다
그 노래처럼

다만 그 죽음을
사람은
보지 못한다

피 리

대나무
잎사귀가
칼질한다.

해가 지도록 칼질한다
달이 지도록 칼질한다
날마다 낮이 다 하도록 칼질하고
밤마다 밤이 다 새도록 칼질하다가
십년 이십년 백년 칼질하다가
대나무는 죽는다.

그렇다 대나무가 죽은 뒤
이 세상의 가장 마르고 주름진 손 하나가 와서
죽은 대나무의 뼈 단단하고 시퍼런
두뼘만큼을 들고
바람 속을 간다.

그렇다 그 뒤

물빛보다 맑은 피리소리가 땅끝에 선다
곧 바로 선다.

내 어둠

어둠 속에서만
그 돌은 채입니다
어둠 속에서만
그 길은 열립니다
어둠 속에서만
그 물은 출렁거립니다
어둠 속에서만
그 마을은 나무와 언덕 풀을 거느리고
바람과 새들도 거느립니다
그리고 눈부십니다
어둠 속에서만
그 해와 꽃은 불탑니다
어둠 속에서만
그 말은 들립니다
어둠 속에서만
그 얼굴은 다가섭니다
어둠 속에서만
그 따뜻한 손은 다가와서

내 시리고 주름진 손을 꼭 잡아줍니다

눈 감으면
어둠입니다
내 먼 북녘의 고향은
그 어둠 속에 있읍니다
아프게 저리도록 훤한 밝음으로 있읍니다

한 치쯤 떠서

한 사나이를 보았다
추석 하루 전날
고향으로 내려가는 사람들
꾸역꾸역 메어지는
서울역 개찰구를
한 치쯤 떠서 빠져나가는
그 사나이를 보았다

한 사나이를 보았다
추석 사흘 뒷날
고향에서 돌아오는 사람들
꾸역꾸역 쏟아지는
서울역 광장을
한 치쯤 떠서 빠져나가는
그 사나이를 보았다

아무도 보지못한 그 사나이
땅바닥에서 한 치 쯤 떠서 고향길 가고 온 그 사나이

한반도처럼 허리 꺾인 사나이를 나는 보았다
나만이 본 그 사나이
갈기갈기 헤어진 바지가랭이를 보았다
오래 삭은
쇠가시에 찢기고 다시 찢겨
바람 부는 땅바닥에서 한 치쯤 떠서
갈기갈기 날리는 것을 보았다

창 문

우리 집에는
아무도 알지 못하는
창문 하나가
있읍니다.

20년을 넘게
함께 산 자식들이 알지 못하고
30년 가까이나
함께 산 집사람도 알지를 못합니다.

납작한 한옥이지만
대문을 행길쪽으로 낸
남향집 등어리에
즉 북쪽을 향해서 난
이 조그만 창문을 알고 있는 것은
우리 집 식구들 가운데서
나 혼자뿐입니다.

30대에도 그랬고
40대에도 그랬고
돋보기를 놓지 못하는
50대 중반인 지금에도
변함없이 나 혼자뿐입니다.

그러니 이 창문은
남쪽을 향한 창문이나
동쪽을 향한 창문이나
혹은 서쪽을 향한 창문처럼
날마다 분주하게
여 닫히는 일이 없읍니다.
다만 일년에 한두 번
어두운 새벽에 열렸다가
어두운 밤중에야 닫히고 할 따름.
그날은 바로 봄이 오는 한식날이거나
가을 깊은 추석날이거나 그러합니다.

아무튼 이 창문은
나만이 알고 있는 것이기에
나만이 볼 수가 있고
나만이 그 앞에 설 수가 있고
나만이 만질 수가 있고
나만이 여닫을 수가 있읍니다.
그리고 나만이 여닫히는
그 소리를 들을 수가 있는 것입니다.

그렇습니다.
일년에
한두 번은 어김없이
여닫히는 그 소리
20년을 넘게 함께 산 자식들은
듣지 못하는 그 소리
30년 가까이나 함께 산 집사람도
듣지 못하는 그 소리
아 내가 알고 있는 어떠한 말로도

옮겨 나타낼 수가 없는 그 소리를
오직 나만이 듣는 것입니다.

우리 집에는
오래도록 고향에 돌아가지 못하는
나 말고는 아무도 알지 못하는
조그만 창문 하나가
있습니다.

발자국

지난 밤
싸락눈 내린
좁은 뜰
서성이다
잠 들었더니
밤새껏
눈 많은
이북
고향꿈
설쳤읍니다.

새벽에
눈 떠
좁은 뜰
내려섰더니
지난밤
서성이던
내 발자국

대문 열고
밖으로 나간 것을
보았읍니다.

그
발자국 따라
마을 지나
들 넘고
산 넘고
허이연 나무숲도
지나갔더니
허이옇게 허이옇게 허이옇게
얼어붙은
임진강,

발자국은
못건너는 그 강도 건너가고 있었읍니다.

돌 1

이월 하순
산간을 흐르는
강나루에서
배를 기다리다가
나는 문득 거기가
1951년 봄 어느 날
도강작전에서 전우 K가 죽은
바로 그 자리인 것을 되살려냈다.
해질 무렵에야
돌아온 배에 오르려다가
나는 봄눈 녹는
나루터 찬물 속에서
삭은 뼈처럼 하얀
돌 하나를 건져냈다.
날개 뼈 같은 그런 모양이었다.
벌써
어둡기 시작하는
여울 쪽에 이름 모를

새 한 마리가
날고 있었다.

돌 2

달밤엔
소문이 돌았다.

제주도
통영
마산
부산
또는
원산의
바닷가
젖은 모래톱에
달밤이면 달빛 같은 색깔의
고운 돌 하나가 서서
달빛 같은 소리로 운다는
소문이 돌았다.

더러는
대구나

서울의
달빛 스며든 뒷골목에서
그 돌을 보았다는
사람도 있었다.

이중섭李仲燮의 웃기만 하는 아이들 가운데
자지 달린 한 아이더라는 소문이었다.

돌 31

대나무로 만든
피리의 구멍은 전부 아홉 개다
사람의 몸에도 아니 뼈에도
아홉 개의 구멍은 날 수가 있다
아홉 개의 구멍 난 돌도 있다
그제는 30년 전 한 이등병이 피 흘린
강원도 깊은 산골짜기에 떠도는 피리 소리를 들었고
어제는 충청북도 후미진 돌밭을 적시는
강물 속에 떠도는 피리 소리를 들었다
오늘 내가 부는 대나무 피리 소리는
그제의 피리 소리와 어제의 피리 소리가
하나로 섞인 소리로 떠돈다

돌 34

해와 달 꽃과 사슴
물오리와 기러기 또 갈매기
나무와 집
드물게는 용 한 마리
그런 것들 갖가지 색깔로 그려진 돌이 있는가 하면
생김 자체가
산이요 섬이요 웅덩이요 물결이요
혹은 황소의 머리거나 말의 얼굴이거나
또 혹은 사람이거나 사람의 배꼽이거나
두꺼비거나 돼지거나 한 돌도 있읍니다.
그런 것들 구상으로도 추상으로도
그리고 반추상으로도 그렇게 다양하게 널린
돌밭에 발을 들여놓을 때면
문득 단단하게 굳어지는 생각 하나가 있읍니다.

이곳이 바로
붓이랑 물감이랑
망치랑 정이랑 크고작은 조각도랑 불이랑

그런 것들 가지고 한바탕 신나게 놀던 하느님이
훌쩍 떠난 뒤의 그 자리가 아니던가
하는 생각이 그것입니다.

예배당엘 나가는 사람은
하느님이야 계시건 안 계시건 오직 믿을뿐이다,
그것이 믿음인 것이다 라고 말합니다.
그러나 내가 만약에 예배당엘 나가게 된다면
나는 아마도 하느님이 정말로 계신 것을 믿는
그 믿음을 단단하고 굳게 믿을 것이 틀림없는 일입
니다.

돌 41

사람들은 이따금 엉뚱한 얘기를 지어낸다.

하늘이 운다라는 것도 그 가운데 하나다.

하늘이 운다니 도대체 이런 터무니 없는 얘기가 어
디 있는가.

그러나 실은 이것은 터무니 없는 얘기가 아니요

실없이 지어낸 엉뚱한 얘기가 아니다.

하늘이 우는 것은 사실로 있는 일

우리는 울음 우는 하늘을 실지로 볼 수가 있다.

그렇다 돌밭에서는 우는 하늘을 볼 수가 있다.

돌밭에서는 하늘이 낮게 내려와서

목을 꺾고 소리없이 울 때가 있다.

믿기지 않거던 비 오는 날 돌밭에 가라.

가서 돌밭에 굴러 있거나 앉아 있는

헤일 수 없이 많은 크고 작은 돌들을 보라.

어쩌면 삼십억 개나 오십억 개쯤이 될지도 모르는

자세히 세어보면 삼억 개나 오억 개쯤 될는지도 모
르는

적어도 삼천만 개나 오천만 개쯤은 족히 되는

그리도 많은 돌들 흠뻑 비에 젖는 것을 보라.

그리도 많은 돌들 흠뻑 적시면서 흐르는 빗물을
보라.

검은 돌을 적시고는 검은 피가 되어 흐르고 흰 돌을
적시고는 흰 피가 되어 흐르고 푸른 돌을 적시고는 푸
른 피가 되어 흐르고 분홍 돌을 적시고는 분홍 피가 되
어 흐르는 빗물을 보라. 잿빛 돌을 적시고는 잿빛 피가
되어 흐르는 빗물을 보라.

적어도 삼천만 개나 오천만 개쯤은 족히 되는

그리도 많은 돌들을 흠뻑 적시고서

보는 눈을 가지지 아니하고 듣는 귀도 가지지 아니
하고 말하는 입도 가지지 아니하고 잡는 손도 가지지
아니한 돌들 흠뻑 적시고서 더우기 날으는 날개도 가
지지 아니한 돌들 단 한 개도 빠짐없이 흠뻑 적시고서
흐르면서 섞이고 어우러진 오만 가지 빛깔의 핏물을
보라.

흘러도 현란한 비단처럼 흐르는 핏물을 보라.

어찌 그 핏물이 다만 빗물이겠느냐

어찌 그 빗물이 다만 빗물이겠느냐
어찌 그 빗물이 눈물이 아니겠느냐
어찌 그 눈물이 핏물이 아니겠느냐.
믿기지 않거던 비 오는 날 돌밭에 가보라.
돌밭에서는 하늘이 낮게 내려와서
목을 꺾고 소리없이 울 때가 있다.

돌 43

비가 나무에 내리는 것을
아는 사람은 많으나
비가 돌에도 내리는 것을
아는 사람은 그리 많지 않다.
비가 나무에 내려서 꽃망울을 적셔 벙글게 하여
나무로 하여금 꽃 피게 하는 것을
아는 사람은 많으나
비가 돌에도 내려서
돌을 적셔 왼몸으로 벙글게 하여
돌로 하여금 꽃 피게 하는 것을
아는 사람은 더욱 많지 않다.
비가 내려서 벙글어 꽃 핀 나무의 꽃잎이
혹은 노랑빛깔 혹은 분홍빛깔 혹은 자주빛깔인 것을
아는 사람은 많으나
비가 내려서 왼몸으로 벙글어 꽃 핀
돌 가운데 어떤 것은 꽃나무의 꽃잎에서는
볼 수 없는 그렇게 현란한 극채색인 것을
아는 사람은 더더욱 많지 않다.

아뭏든 비 내리는 날
어두운 돌밭에 가서 젖고 있노라면
만날 수가 있다.
이 세상의 어느 것 하나
목숨 아닌 것으로는 여기지 않으시는
하느님의 뜻과 가장 눈부시게
만날 수가 있다.
어김없이 그렇다.

돌 44

물새는 보이지 않는데
물새 발자국만 볼 때가 있다.
양평서 여주로 가노라면
보통리라는 버스정류장이 나온다.
완행버스만 멎는 이 정류장에서 내려
온 길을 잠시 되돌아 걷다가
왼쪽으로 꺾어 들어가는 작은 길을 따라가면
초록 질펀한 땅콩밭을 만나게 되고 이것을 다 가로
지르면
거기에 굵은 강물 낀 돌밭이 펼쳐진다.
다른 곳의 돌밭처럼 이곳에도
크고작은 모래톱이 여기저기 자리잡고 앉았는데
이곳의 모래톱은 다른 곳의 모래톱과 좀 다른 점이
있다.
그것은 저 보이지 않는 물새의 발자국을
여기서는 더러 볼 수가 있다는 사실이다.
특히 삼사월이나 구시월
짙은 안개가 걷히는 새벽이면

아주 또렷하게 찍힌 발자국을 볼 수가 있다.
오 물새는 보이지 않는데
물새 발자국만 볼 때가 있다.
한마디 말도 없이 산 평생 끝에 죽어
오래 삭은 몸 스스로 풀어
모래톱의 모래로 돌아가면서
무덤을 짓지 않는 돌 반드시 그 돌의 둘레
여러 겹으로 둥글게 돌고 돌면서 찍힌
발자국을 볼 때가 있다.
혹시 하느님의 눈물엔
보이지 않는 날개가 붙어 있는지도 모르는
일이긴 하다.

동 화

하늘 나라에 사는 여자가 있었읍니다
하늘 나라에는 부끄러움이란 게 없어서
모두들 발가벗고 살았읍니다
그래서 여자는 눈부셨읍니다
어느 날 밤 그 여자는 목욕을 하기 위해서 바다로 내
려왔읍니다
달 밝은 바다에 배를 띄워 놓고 목욕을 했읍니다
달빛 은빛으로 출렁이고 금빛으로 일렁이는 물결 위
에 뜬 배는
곱게 쪼갠 잘 익은 수밀도 반쪽 같은 몸매였읍니다
누가 보더라도 숨막히게 가래가 솟게 목젖이 터지게
탐스럽게 도발적인 몸매였읍니다
아뭏든 어둠에도 눈부신 그 여자는 머리칼을 날리
면서
윈 몸을 여닫으면서 목욕을 했읍니다
그런데 그 여자를 본 사람이 있었읍니다
땅 나라의 남자였읍니다
땅 나라에서는 모두가 서로 죽고 죽이는

큰 전쟁이 있어 간신히 단 한 사람만이 살아 남았던
것이니
바로 그 남자였던 것입니다
그러한 남자이고 보니 밤 어둠에도
환하게 눈부신 여자는 은이었으며 금이었읍니다
남자는 바다에 몸을 던져 헤엄치기 시작했읍니다
힘껏 힘껏 목욕하는 여자를 향해서
헤엄쳐 나아갔읍니다 그러나 웬일입니까
남자는 한치도 나아갈 수가 없었읍니다
남자가 걸친 전쟁이라는 부끄러움의 옷자락이
아직도 총알 냄새 피 냄새 나는 누더기 옷자락이
팔 다리에 감겨들어 앞으로 나아감을 막았던 것입
니다
뿐만이 아니었읍니다 그 옷자락 아래 감추인
수없이 총알 맞은 몸뚱이 수없는 총알구멍으로는
자꾸만 바닷물이 새어 나갔던 것입니다
그러니 어찌합니까 땅 나라의 남자는
있는 힘을 다해 헤엄쳤건만 기실은

제자리 허우적거림에 다름 아니었던 것입니다

이윽고 목욕을 다 한 그 여자는
곱게 쪼갠 잘 익은 수밀도 반쪽 같은 몸매의 배를
탄 채
하늘 나라로 돌아갔읍니다
원래 발가벗고 사는 하늘 나라의 여자였기에
바다 위에 남긴 구름 같은 안개 같은 옷 한 벌 없었
읍니다

다시 동화

새를 알지 못하는
한 남자가 살았읍니다
남자는 새가 지저귀는 것이나
노래하는 것을 들은 적이 없었고
날개 펴서 춤추는 것이나
하늘 끝까지 나는 것을 본 적도 없었읍니다.
그런 까닭이었는지,
남자는 입 벌려 말할 줄을 노래할 줄을 몰랐고
춤출 줄도 몰랐으며 꿈도 없었읍니다.
하늘 끝까지 나는 그런 꿈
손톱만큼도 없었읍니다.
그건 그렇고 남자는 하는 일이 있었읍니다.
그것은 말하지도 노래하지도 않고
춤 안 추고 꿈도 안 꾸는 돌을 안아다가
자꾸 쌓아올리는 일이었읍니다.
남자는 10년을 쌓아올리고 또 10년을 쌓아올리고
다시 10년을 쌓아올렸읍니다.
그리고 또다시 10년을 쌓아올리자

무척이나 크게 높게 쌓인 돌무더기는
글쎄 남자가 보지도 알지도 못하는 새의 모양이 되
었읍니다.
당장에 날개 펴서 날아오를 듯이
모가지 하늘로 꼿꼿이 세운 그런 새였읍니다.
남자는 다시 10년을 쌓아올렸읍니다.
그랬더니 돌무더기 맨꼭대기에는
드디어 눈뜬 새의 머리가 올라앉았읍니다.
물론 그 눈은 새 머리 모양으로 올라앉은
돌무더기에 난 돌창이었읍니다.
돌창 안에는 돌천정 돌벽에 돌바닥 깔린
방도 들어 있었습니다.
아마도 남자는 돌무더기를 쌓아올리다가
에라 맨꼭대기에 창문 뚫린 방이라도 지어볼까
그런 생각이 문득 들었던 것일는지요.
아무튼 남자는 그 뒤에도
그것이 기실은 영락없는 새의 모양인 것을
알지 못하였으나

다 쌓아올린 그 돌무더기가 바라보면 볼수록

그저 대견스러웠고 또 흐뭇하기도 하였읍니다.

그런데 어느 날이었읍니다.

창 칼 휘두르고 활 마구 쏘는 사나운 사람들이

마침내 크고 높은 돌무더기 하늘 속 깊이 솟은

고장에도 나타났읍니다. 번개치는

시꺼먼 구름떼처럼 휩쓸었읍니다.

돌 쌓아올리기에 평생을 보내면서 늙은 남자는

허리가 꺾여도 매우 깊이 꺾여서

졸지에 닥친 참변을 벗어날 수가 없었읍니다.

그리하여 겁 질린 남자가 엉금엉금 기다시피

몸을 피한 곳은 다름아닌 돌무더기였읍니다.

그러나 간신히 돌무더기에 이르자 남자는 칼을 맞

았고

돌무더기 허리쯤에서는 창을 맞았고

돌무더기 꼭대기에서는 화살을 맞고야 말았읍니다.

거기는 바로 돌창이 난 방이었읍니다.

남자는 마지막 안간힘을 다해

돌창을 붙들고 후둘후둘 무너지려는 몸을
가누었습니다. 먼 데로 눈길을 던졌읍니다.
산이 보이다가 지워지고 구름이 보이다가 지워졌읍
니다.
하늘도 지워지더니 뭉게뭉게 피어오르는
짙은 안개가 보이었읍니다.
안개 속에서 은빛으로도 빛나고
금빛으로도 빛나는 그런 것이 하나 떠 있었읍니다.
그것은 자꾸 몸을 놀려 움직이고 있었읍니다.
그리고 자꾸 무슨 소리를 내고 있었읍니다.
그 몸놀림이 은빛 빛남이고 금빛 빛남이었으며
그 소리가 역시 은빛 빛남이고 금빛 빛남이었읍니다.
남자는 그것이 무엇인지 똑똑히 알고 싶었읍니다.
꼭 그래야만 할 것 같았읍니다.
어찌해서 꼭 그래야만 하는 것인지
남자는 그 까닭을 알지 못했으나
아뭏든 죽더라도 똑똑히
알고서 죽어야만 할 것 같은 그런 마음이었읍니다.

그래서 가물가물 꺼져가는 기운을 차려
차게 무겁게 내려덮이는 눈시울을
걷어올리려 하였읍니다. 그러나 허사였읍니다.
돌창을 붙들었던 손은 맥없이 풀리고
남자는 피 흥건히 고인 돌바닥에 허리 깊이 꺾어진
몸을 마르고 삭고 비틀린 풀잎처럼 눕히었읍니다.

그런데 이상한 일이 생겼읍니다.
돌무더기 꼭대기의 돌창 안
그 방을 아무도 드나든 적이 없는데
흥건하던 피는 말끔히 씻긴 듯 사라지고
남자의 시신도 온데간데가 없었읍니다.
어떻게 된 것이던가요. 무언가 다른 점이 있었다면
그 방의 돌바닥과 돌벽에 돌천정에 그리고 돌창에도
따뜻한 체온과 불그스레한 핏기가 촉촉히
번져난 사실이었읍니다. 혹시 남자의 시신과 함께
흥건하던 피 전부를 돌바닥과 돌벽이 빨아들인 것은
아니었겠읍니까. 혹시 남자의 시신과 함께

홍건하던 피 전부가 돌천정에 그리고

돌창에도 스며들어 그래서 감쪽같이

자취를 감추어버린 것은 아니었겠읍니까.

그러나 더욱 이상한 일은 그 뒤에 일어났읍니다.

다름이 아닙니다.

따뜻한 체온과 불그스레한 핏기가 크고 높은

돌무더기 전부에 촉촉히 번지는 것이었읍니다.

그러더니 영락없는 새 모양이던 그 돌무더기는

한 마리 큰 새가 되어 날개 쳐 공중으로

훨훨 훨훨 훨훨 날아올랐던 것입니다.

이윽고 새는 높이 높이 하늘 속

드높이 떠서 빛나는 한 점 빛이었읍니다.

은빛으로 빛나고 금빛으로도 빛나는 빛이었읍니다.

지저귐 은빛으로도 금빛으로도 빛나는 빛

노래 은빛으로도 금빛으로도 빛나는 빛

춤 은빛으로도 금빛으로도 빛나는 빛

꿈 하늘 끝 가 닿는 꿈 은빛으로도

금빛으로도 빛나는 빛이었습니다.

해 설

하아프를 다시 찾은 오르페우스

조 화 선(재독 한국시 번역가)

시인 전봉건의 등단은 이채로웠다. 먼저 그는 한국 문인추천제의 상례를 깨고 한 선배시인이 아니라 두 선배시인의 추천을 받고 등단했던 것이다. 1950년 1월과 3월 「문예」지에 무명청년 전봉건의 시 「원」과 「사월」이 서정주 선생 추천으로 실리자 김영랑 선생이 전 아무개의 마지막 추천은 내게 맡겨달라 청하시고 5월에 「축도」를 추천하신 것이었다. 다른 한 가지의 이채로움은 그의 첫 추천작이 그의 이름으로가 아니라 그의 형 전봉래의 이름으로 실렸다는 사실이다. 그렇게 된 까닭은 전봉건이라는 인물을 몰랐던 「문예」지의 편집부에서 이만한 수준의 시를 쓸 수 있는 이는 전봉래 밖에 없다하여 그들의 생각에 "잘못적힌" 이름을 "바로잡아" 놓았던 때문이었다.

서정주 선생께 "신선한 감응능력"과 "수식조작하려는 일반적 구습을 털어버린 점", 또 "독특한 진정언어의 스타일" 등 "모두 그의 전도를 기대케하"는 "취향"을 인정받고 "찬란한 개화결실이 있으라"는 축복을 들으며, 앞날을 향하여 크게 부풀었을 그의 꿈은, 그러나 너무나도 속히 깨어져 버리는 듯 했다. 그의 추천완료 소감이 발표되던 6월에 6·25사변이 발발했고, 얼마 뒤 그의 형 전봉래는 종군문인단에 참가하고 전봉건은 12월에 징집되어 군에 입대, 위생병으로 최전선으로 가게 된 것이다.

문학의 꿈을 일단 묻어버려야 했던 전봉건은 이듬해 5월에 부상병으로 제대했다. 제대한 그를 기다리고 있는 것은 또 하나의 큰 충격이었다. 그가 제대하기 두어 달 앞서, 그와 아마 가장 가까웠고 또 그가 가장 아꼈던 인물이오 그를 문학의 길로 이끌어준 스승이기도 한 전봉래 시인이 부산에서 자결한 사실이 그것이다.

고향상실, 전장에서 겪은 전쟁의 참상, 아꼈던 형의 죽음: 이렇게 운명의 타격을 세겹으로 받았으나 이십 대초반의 청년 전봉건은 좌절하지 않고 시에의 길을 다시 출발했다. 소재가 된 것은 물론 전장에서의 체험 내용이었다. 내용과 더불어 문체도 추천작들의 그것과는 사뭇 달라졌다. "비정한 이미지"라는 말을 들을만치 극단적으로 주관을 배제한 묘사들은 그만큼 더 가열한 전쟁고발의 성격을 띤다.

그러나 50년대 중반부터 그의 시풍은 일변한다. 그는 사랑과 희망을 구가하는 시인으로 나타난다. 그에게는 이제 무엇보다도 "당신" – 때로는 "너"라고 불리우기도 하는 여인이 있다. 가슴께에 꽃바구니를 안고, "버들강아지 꼼지락이는 은 목걸이"(「희망」)를 목에 단 젊은 여성이다. 사랑과 희망은 이 여인이 그에게 안겨준 선물이었다. 이 이성과의 해후가 젊은 시인 속의 생에의 의지에 불을 질렀고 그로 하여금 현실의 긍정적인 면을 보게 한 것이다. 장미는 당신에게도 피었느냐는, 장미의 달 5월의 편지사연으로 그는 눈을 뜬다. 그리고 파괴된 산하에 재생의 싹들이 움트고 있음을 확인한다. 동시에 그는 그 푸른 싹틈이 어떠한 전쟁의 폐허라도 덮고 지워버리는 대지의 무궁무진한 생육력의 현현임을 인식한다. 이때 이미지의 시인 전봉건의 신화창조적〈mythopoeic〉상상력 속에서 "당신" 또는 "너"의 이미지가 지모신의 이미지와 겹쳐져 갔음도 간과될 수 없다.

그가 보는 세계는 이제 "사랑하는 사람들의 나라" (「은하를 주제로 한 봐리아시옹」)요, 거기에는 전쟁의 혼란 중에 사라지고 없었던 은하가 돌아오고 풍요를 작정한 태양이 빛나며 장미꽃들이 일제히 피어난다. 그래서 그는 "아무것도/잃어진 것은 없었"(「강물이 흐르는 너의 곁에서」)음을 거듭거듭 확인한다. 타오르는 정열의 불길과 아름다운 우주를 다시 찾은 감격, 그리고 벅찬 내일에의 희망으로 하여 시상(詩想)은 부풀어 올라, 이 시기의 시들은 절로 길어지고 그 리듬은 도도히 흘러내리는 강물같다.

「장미의 의미」기타 이 시기의 역작들은 사랑의 시들이다. 사랑을 노래하되 전봉건은 사랑을 개인의 좁은 생활권 속에 매어두지 않고 민족적, 인류적, 나아가서는 우주적 차원으로까지 넓혀가서, 꽃과 비둘기의 이미지들을 앞세운 평화에의 찬가들로 엮어내고 있다. 여기에 보는 경향은 뒤에 그의 상흔과의 대결에 있어서도 확인될 그의 특질을 이룬다. "50년대의 시인", "6·25의 시인", "한국의 아폴리네르", "꽃의 시인", "절대적 평화주의자", "휴머니스틱한 스타일리스트" 등, 50년대의 그를 평가하는 이름들은 다양하다.

50년대에서 60년대로 넘어가는 시기에는 「꽃, 천상의 악기, 표범」, 「암흑을 지탱하는」 등의 하나의 독자적 사상을 담고 역작들과 나란히 「녹색의 연애시 두 편」, 「잠들고」 등 우아한 서정시들이 나타나 추천작들의 계열을 이었다. 이 서정시의 줄기는 그 후에도 끊이지 않고 60년대 중반의 「의식」 연작의 일부, 「겨울 사중주」, 「춤」 등을 거쳐 1969년에 발표된 「꿈보다 먼저」, 「피아노」, 「유방」 등으로 면면히 이어져 나갔다.

그러나 50년대 말경 부터의 전봉건의 주된 관심은 전혀 새로운 시작의 개척에 있었다. 그 지향은 그의 눈길을 내면으로 돌렸고 그는 그무렵부터 1966년에 이르도록 두 개의 지향성으로 작품을 꾸준히 병행해서 써내려갔다. 그것이 그의 60년대의 대표작 「춘향연가」와 「속의 바다」다. 같은 내면으로의 길이기는 했으나 양자의 세계는 서로 대립된다. 장시 「춘향연가」에서는 비극적 결말에 처해서도 절망하지 않고 오히려 더욱 갈망에 불타는 인간상이 떠오른다. 오세영이 그의 「장시의 다양성과 가능성」에서 지적했듯이 전봉건의 춘향은 "지고한 정신적 사랑"의 완성을 지향하는 인물이다. 그것은 분명히 자유의지를 지닌 인격의 자율적 행위이다. 그러한 정신적 높이의 갈구와는 정반대의 방향을 더듬는 것이 「속의 바다」 배후에 숨은 지향이다. 전봉건은 의식적으로 초현실주의적 방법을 수용하려 했고, 무의식의 내용을 단편적으로나마 건져올려보려는 시도를 했다. 이것은 그러니까 이를테면 아래로 향한 내면화였다.

이 양자 가운데서 보다 많이 주목을 끄는 것은 「속의 바다」다. 무의식의 내용을 탐험해내려는 과정 중에 저자가 6·25때 입은, 그리고 그 후 평화주의적, 반전주의적 극복의지에 밀려 억압되어 갔던 전쟁의 상흔과 그가 부딪치고, 그것과 끈질긴 대결을 해나가서 마침내 극복해낸 흔적을 그 속에 엿볼 수 있기 때문이다.

전봉건은 한동안 김춘수의 무의미시에 매력을 느낀 것 같다. 그러나 그의 시적 사명은 순수시의 추상적 무 속에 해소되어버리는 데 있지 않았다. 그는 자신이 원했건 원치 않았건 간에 6·25의 상흔을 인류전체가 안고있는 숙제인 전쟁의 문제로서 평생 앓아나가야 했으며, 그것과의 대결 끝에 커다란 구원의 빛을 체험하게 되었다. 이 사실은 이 자리에서는 상론하지 못하나 「속의 바다」 1과 4, 그리고 「속의 바다」의 속편으로 간주되어도 좋을 연작 「여섯 개의 바다」 중 「다섯」과 「여섯」 및 「동화」와 「다시 동화」들을 통해서 짐작이 될 것이다.

전봉건은 이른바 종교인이 아니었다. 무종교인인 그의 구원의 체험이 예수 그리스도의 이미지와 밀접한 연관을 맺고 성취되었다는 뜻밖의 사실은 「속의 바다·1」과 「여름 예수」를 통해서 엿볼 수 있을 것이다. 60년대의 전봉건은 일반적으로 실험시인으로 알려져 있으나, 그가 그 실험의 과정에서 빛의 시인이오 태양의 시인으로서 솟아올랐던 것은 주목되지 못한 것 같다.

개인적 구원은 그러나 결코 그 후 아픔이 깨끗이 사라져버린다는 보증이 아니다. "아흔 아홉 햇덩이"(「여섯 개의 바다·여섯」)로 형상화된 빛의 체험 후에도 그의 영혼은 무수한 다른 원혼들과 연대되어 있다. 가까이는 전사한 옛 전우들, 친구 화가 이중섭들로부터 시간적 거리를 소급해 올리가면서 3·1운동 때의 집단적 희생자들, 옛 사형수들, 일본으로 납치되어가 돌아오지 못하고 거기 묻힌 영혼들 등등 그와 연대된 영혼들의 범위는 한량이 없다.

선시집 「꿈속의 뼈」 후기에서 그는 지난 30년의 작품을 돌아볼 때 여기 저기에 그가 겪은 6·25의 핏방울과 핏자국이 튕기고 또 번지고 있다고 했다. 그리고 그것은 또 어떤 다른 핏방울과 핏자국들을 부른다고 했으며 이 현상은 통일이 오는 날까지 계속될 것이오, 그러한 날이 와도 쉽게는 사라질 것 같지 않다고 했다. 그것은 지상에 영원하고 절대적인 평화가 이루어지지 않는 한 그칠 수 없는 아픔인 것이다.

이 영속적인 아픔을 앓아나가는 가운데 그가 얻은

것이 "피리"다. 이 피리는 괴로운 목숨을 묵묵히 잃다가 죽은 대나무 줄기의 일부를 어떤 한 "손"이 잘라가서 만든 것이다. "이 세상의 가장 마르고 주름진 손"(「피리」)은 뒤에 「돌」 연작에서 피울음 우는 돌들 곁으로 내려와 목을 꺾고 소리없이 우는 하늘, 평생 말없이 살다가 무덤하나 남기지 않고 모래톱으로 흔적없이 돌아간 돌들을 위해 하늘높이에서 눈물을 흘려보내는 "하느님"의 손이다. 그 하느님이 인간의 아픔, 그 한을 영롱한 가락으로 변용시켜 천지에 울려퍼짐으로서 풀려버릴 방편을 마련해 준 것이다.

「돌」 연작의 화자 "나"는 이 피리를 들고 원혼들이 갇혀있는 돌들의 세계로 들어간다. 가서 그는 원혼들을 새로 변용시켜 날려 보내주기도 하고, 달밤이면 달빛 울음을 우는 돌, 비가 내리는 날에는 온갖 빛 피눈물을 흘리는 돌 등등, 그들의 모든 슬픔, 아픔, 어두움을 일일히 살펴주고 시로 노래해줌으로써 풀어놓아 주고, 산골짝에 떠돌고 강물속을 떠도는 원혼들의 피리소리에 자신이 부는 대나무 피리소리를 융화시켜 하나가 되어 구원으로 이끌어간다.

「돌」의 화자의 이 행위는, 노발리스, 횔덜린 및 릴케를 논한 그의 명저 「오르포이스」에서 발터렘(Walter Rehm)이 릴케에게서 지적해보인 "목직"(목자의 성직)

에 대응한다. 일찍이 전봉건은 6·25의 상흔으로 말미암아 시인으로서의 커다란 비상을 저지당하고 있다는 자의식을 "하아프를 잃어버린 올페우스"로 표현했다. 그 "올페우스"가 이제 잃었던 "하아프"(대나무 피리)를 다시 찾아 돌밭이라는 지하계에 내려가 원혼들을 건저내는 "목직"을 다하는 것이다. 피리를 불고 노래하면서 명계冥界의 원혼들을 구원하는 드라마: 그것의 성취에 바로 시인 전봉건에게 주어진 시적 사명이 있었던 것이다.

말년의 전봉건은 "하아프를 다시 찾은 오르페우스", "한국의 릴케" 등의 명칭으로 평가되어 마땅하다. 또 "한국적 영성靈性의 대표", 넓은 뜻의 "사랑의 시인" 등을 보충해도 좋다.

그가 마무리짓지 못하고 작고한 그의 마지막 연작 「6·25」는 이상의 시적 전개상에 비추어 보아 6·25라는 사건 전체의 총체적 구원으로 이끌어갔을 것으로 짐작된다.

위에서 언급 못한 작품에 또 「북의 고향」이 있다. 「내 어둠」, 「한치쯤 떠서」, 「창문」 및 「발자국」은 거기서 뽑은 것이다. 수십년 동안 쌓이고 쌓여온 망향의 절절히 흘러내리는 가락은 읽는이의 눈시울을 뜨겁게 한다.

그의 향수는 그러나 단순한 향수에 그치지 않는다. 그것은 곧 통일에의 간절한 염원이기도 하다. 전봉건만큼 절실히 통일을 염원한 이도 드물 것이다. 그것이 크게 겉으로 들어나지 않은 것은 그가 이미지의 시인이어서 극소수의 예외적 경우를 제외하고는 그 염원을 직설적으로 펴내지 않았기 때문이다. 마음의 보다 깊은 층을 울리는 향수의 노래는 곧 그의 통일염원의 시이기도 했다.

시집 「북의 고향」에는 오랜 세월을 그의 속 깊이 사무치고 간직되어 온 그리움이 하나의 — 후기의 릴케가 지향한 바와 유사한 — 오롯한 공간을 빚어내고 있다. 이에 관하여는 고稿를 달리하여 살펴보고저 한다.

2008년 1월 말

연 보

전봉건 연보

1928   평안남도 안주 출생.

1945   평양 숭인중학교 졸업.

1946   여름, 뱃길로 38선을 넘어 남한으로 옴.

1950   「원」(1月), 「사월」(3月), 「축도」(5月)로 추천완료.
        12월에 징집되어 위생병으로서 제일선에서 복무.

1951   5월에 부상 입고 제대.

1957   한국시인협회 창립에 참여, 상임위원이 됨. 동회의
        기관지 「현대시」 창간호의 편집을 담당, 김종삼, 김
        광림과 3인시집 「전쟁과 음악과 희망과」 출간, 「자
        유세계사」에서 희망부를 담당.

1959   시집 「사랑을 위한 되풀이」(춘조사). 제3회 한국시
        인협회상을 받음.

1961   시론집 「시를 찾아서」(청운출판사).

1964   「문학춘추」 창간과 더불어 편집책임을 맡음. 라디
        오 드라마 시극 「꽃소라」 등을 씀.

1967   장시집 「춘향연가」(성문각).

1969   「현대시학」을 창간하여 주간직을 맡음.

1970   시집 「속의 바다」(문원사).

1979   선시집 「꿈속의 뼈」(근역서재).

1980   시집 「피리」(문학예술사). 대한민국문학상을 받음.

1982   시집 「북의 고향」(명지사).

1983   선시집 「새들에게」(고려원).

1984   시집 「돌」(현대문학사). 대한민국문화예술상을 받음.

1985   선시집 「전봉건시선」(탐구당). 장시집 「사랑을 위한
        되풀이」(혜진서관).
1986   선시집 「트럼펫 천사」(어문각). 산문집 「플루트와
        갈매기」(어문각).
1987   선시집 「아지랭이 그리고 아픔」(혜원출판사), 산문
        집 「뱃길 끊긴 나루에서」(고려원), 선시집 「기다리
        기」(문학사상사).
1988   6월 13일 영면.
2007   5월, 독역 선시집 Hundert Sonnen(페퍼코른사).